記憶の奴隷

渡辺裕之

角川文庫
23581

目次

プロローグ 5
DGSIの女 10
身代わり 57
ベルリン 92
ワルシャワの罠 125
トランジット 157
モスクワへ 187
ベラルーシ 212
第二刑務所 244
エピローグ 277

プロローグ

二〇二二年二月十日、午後八時。モスクワ。

キャップを被《かぶ》ったアンナ・イワノワは、ルビャンカ広場前のバス停でバスを降りた。

歩道には、午前中に降った雪が残っている。気温はマイナス四度だが、数日前よりは高くなった。真夜中でもマイナス十度以下にはならない。春にはまだ遠いが確実に気温が緩んでいる気がする。

アンナはルビャンスカヤ通りを渡り、七階建ての建物の角で立ち止まった。一階と二階は石造りでその上の階は薄い黄色に塗られた煉瓦《れんが》造りになっており、建物中央の上部にある時計が歴史を感じさせる造りである。建物には何の標示もない。だが、モスクワ市民なら、誰でもここが避けて通るべき場所だと知っている。

かつてはKGB（ソ連国家保安委員会）本部とその刑務所として使われていた。現在はKGBの後継組織であるFSB（ロシア連邦保安庁）の庁舎となっており、〝ルビャンカ〟と呼ばれている。

大きく息を吐き出したアンナは、また歩き出した。十数メートル先の職員通用口のドアを開けた。ドアの内側に銃を携帯した警備兵が、二人立っている。その前にゲート型金属探知機が設置してあった。外観は特段変わった建物ではないが、セキュリティは厳格なのだ。

「こんばんは」

アンナが笑顔を見せてゲートを潜ると、警備兵が彼女の前に立ち塞《ふさ》がる。

「IDを」

別の警備兵が、顰《しか》めっ面で言った。基本的に警備兵は不機嫌な顔をしているが、夜勤の警備兵は態度も悪い。

「はい」

アンナは素直にポケットからネックストラップ付きのIDカードを出した。警備兵の態度には慣れているので、逆らうことはない。

「こんな夜まで仕事なのか？」

IDカードを受け取った警備兵は、手元の機械にかざしてアンナの身元を確認した。

「上司に頼まれた急な仕事があるの。たぶん大統領に関係すると思うわ」

アンナはIDカードを受け取ると、ネックストラップを首に掛けて通路の奥へと進んだ。突き当たりにあるエレベーター横のセンサーにIDカードを軽くタッチし、ドアを開ける。四階のボタンを押してキャップをまぶかに被り、監視カメラから顔を背けた。

ドアが開き、アンナは四階のIT部門のフロアに降りる。通路の右に進めば、自分のデスクがある部屋がある。諜報《ちょうほう》機関であるFSBの本部だけに四階のフロアだけでITの職員が二百人ほど勤めているが、八時以降は夜勤の職員は十人前後だろう。

アンナは右ではなく左に向かって歩き、突き当たりのサーバールームのセンサーに無記名のIDカードでタッチした。この部屋に入れるのは、限られた人間だけである。アンナは、情報セキュリティ部門の副責任者であるセルゲイ・ミハイロフのIDカードをコピーしてきたのだ。

ドアを開けると、息が白くなった。サーバールームには、一世代前のコンピュータが百台以上設置してある。そのため、コンピュータの熱を冷ますため、冬場は外気を取り入れているのだ。セキュリティは最新だが、中身はポンコツなのだ。

ロシアは二〇〇八年のジョージア侵攻や二〇一四年のウクライナのクリミア半島併合など、国際法を無視した領土略奪で西側諸国から制裁を受けている。そのため、最新のコンピュータチップが得られないのだ。

アンナは部屋の片隅にある端末のキーボードを叩《たた》き、セキュリティを解除した。ポケットから小型のUSBメモリを出して端末のポートに差し込み、二つのデータをサーバーにアップロードした。

次に目的のデータを表示させると、USBメモリにデータをコピーする設定にした。すると、「最高機密」というアラート画面になり、「続行」あるいは「キャンセル」のいずれかを選ぶボタンが表示された。

アンナは迷うことなく「続行」ボタンをクリックした。

FSBではセキュリティレベルが高いデータは、USBメモリを三段階認証の設定にしなければコピーできないようになっている。第一認証のパスワードを設定すると、第二、第三認証のリストが表示される。十人のFSB幹部の網膜データの中から二つ選び、第二、第三認証に当てはめるのだ。

だが、リストから選べば、データをコピーしても外部には持ち出せなくなる。そこでアンナは先ほどアップロードしたデータを選んで、リターンキーを押した。

端末のモニターに「完了」の文字が表示された。

アンナはアップロードしたデータを消去してUSBメモリをポートから抜き取ると、端末の電源を落とした。

ドアが開く音がする。

アンナは咄嗟《とっさ》にサーバーラックの陰に隠れた。

警備兵がハンドライトで室内を照らしながら入ってきた。巡回でやってきたのだろう。あるいは、サーバールームのドアが開閉された記録をセキュリティシステムで見たのかもしれない。

警備兵がアンナにハンドライトの光を当てるのと同時にアンナは警備兵にスタンガンを押し当てた。

「ぐっ！」

警備兵は呻《うめ》き声を上げて失神する。

「ごめんなさい」

アンナは慌てて部屋を出た。

DGSIの女

1

二月二十三日、午後八時二十分。

パリ15区に高さ二百十メートルある五十九階建ての黒い石板のような高層ビル、モンパルナス・タワーが建っている。

一八八九年に開催されたパリ万博の目玉として建設されたエッフェル塔は、パリの景観をぶち壊すと芸術家や文学者から不評だった。

モンパルナス・タワーもパリには場違いという激しい景観論争を巻き起こし、ビルが竣工した一九七二年の五年後にはパリ都心部での高層ビルの建設は禁止されている。そのため、高層ビルは再開発地区であるパリ市街のラ・デファンスに建設されるようになった。

影山夏樹《かげやまなつき》は、モンパルナス・タワーの五十六階にあるル・シェル・ド・パリの窓際の席でコース料理を食べ終わり、デザートを待っていた。

暗めのブラウンに髪を染め、グリーンのコンタクトレンズを両眼に入れている。もともと顔の彫りが深く、身長も高いのでアジア系には見えない。素顔を晒《さら》すことはこれまでもなかったが、パリで生活する際は簡単な変装をしてスペイン系のベルナール・エンリケと名乗っていた。

「私はパリ生まれだけど、この店で食事をするのははじめて。眺めは最高ね」

向かいの席に座るジェシカ・ルナールが、オマール海老《えび》の最後の一口を食べながら言った。食事は普通だと言いたいのだろう。明るいブロンドヘアーにブルーの瞳《ひとみ》が特徴的な美人である。気取らない白のセーターがよく似合っていた。

曇りがちの空ではあるがライトアップされたエッフェル塔が遠方に見える夜景は、遮る建造物もなくパリ随一と言っても過言ではない。パリの景観を損なっているモンパルナス・タワーを見たくないのなら、このビルに来ることである。

「夜景だけが取り柄だからな」

夏樹は表情も変えずに答え、膝《ひざ》の上に載せてあるスマートフォンをチラリと見た。

「いつもながらストレートに言うわね。ムードぶち壊し。あなたが社長じゃなかったら絶対付き合わなかったわよ」

ジェシカは口をへの字にして肩を竦《すく》めた。

夏樹はパリを拠点にしている〝ナヴィル・マーショ〟という貿易商社を経営している。日本語で「商船」を意味し、フランスを中心にヨーロッパで仕入れた雑貨や衣類を日本支社に送って販売し、日本支社からは日本や東南アジアの雑貨や着物を仕入れてヨーロッパで販売していた。

会社はジェシカも入れて社員は全員女性で、今のところ五人だけで運営している。インターネットで仕事をしており、プログラマーやWebデザイナーなどのその道のプロを厳選して雇った。倉庫や物流は外部に委託しており、社員は自宅で作業をしている。基本的に連絡や打ち合わせはWeb上で行うが、レストランで食事をしながら軽い打ち合わせをすることもあった。

社員が優秀なこともあるが、ヨーロッパで和風テイストの雑貨は飛ぶように売れるので売上は一千万ユーロ、日本円にして十四億円ほどある。

以前は日本でコーヒー豆とアジアン雑貨を輸入販売する雑貨店とダッチコーヒー専門店を経営していた。今は長年の親友であり、忠実な部下でもあるフィリピン人のノァリード・スライマニーに日本の事業は任せてある。

「たまに違う場所で食事するのも気分転換にはなるだろう？」

ジェシカの冷ややかな視線を無視した夏樹は、「ペアリング完了」という文字が出たスマートフォンをさりげなくポケットに入れた。

彼女には、仕事内容の見直しを相談したいと言ってル・シェル・ド・パリに誘っている。社員を増やすべきかという簡単な内容でわざわざ会うこともなかった。だが、どうしてもル・シェル・ド・パリに来る必要があったのだ。すぐ近くの席で食事をしている中年の上品な女性を密《ひそ》かに監視していた。ＤＧＳＩ（フランス国内治安総局）局長であるシモーネ・ピラードという人物である。

　夏樹は彼女が知人とこの店で会食するとの情報を得ると、近くの席をリザーブした。ピラードのスマートフォンをペアリングさせると同時に外部からアクセスできるようにするためである。

　ピラードは他国の諜報《ちょうほう》機関との繋《つな》がりを疑われており、その身辺調査を旧知のDGSIの幹部クロード・デュガリから依頼されていた。内部調査に顔が知られている職員は使えないため依頼されたのだが、フランスで活動していることを黙認されている義理もあるため引き受けたのだ。

　夏樹はかつて日本の情報組織である公安調査庁に所属し、海外で諜報活動をする非公開の第三部の諜報員だったのだ。

　しかも、殺人も厭《いと》わない冷徹な凄腕《すごうで》として、敵対関係にある中国や北朝鮮の諜報機関からいつしか〝冷的狂犬（冷たい狂犬）〟と恐れられるようになった。だが、素顔を決して見せない変装の名人ゆえにこれまで素性を知られることはなかった。

　だが、冷たい狂犬としてあまりにも知られるようになったため、十年以上前に公安調査庁を退職してフリーランスのエージェントとして独立したのだ。今では日本だけでなく海外の諜報機関からの仕事もこなしている。パリに拠点を置くのは、EUの中心都市のために情報が集約することもあるが、米国並みに人種の坩堝《るつぼ》であるため身を隠すのに都合がいいからだ。

この数年は、CIAや日本の情報機関、それに中国の人民解放軍総参謀部・第二部第三処の局長である梁羽《りょうう》からも直接仕事を受けている。梁羽は反体制派で、習近平《しゅうきんぺい》が押し進める一帯一路の裏に潜む謀略を食い止めようとしていた。

もともとCIAの高官や日本の情報機関は、梁羽から紹介されている。彼の人脈は世界規模で、中国だけでなく米国やロシアなどの国際犯罪組織と闘う人材とパイプがあったのだ。中でも〝リベンジャーズ〟という傭兵《ようへい》特殊部隊を率いる藤堂浩志《とうどうこうじ》とは、この数年一緒に仕事をしている。

だが、組織の支援がないフリーのエージェントとして活動するには、豊富な資金が必要であった。金に不自由しないことで仕事を選択できるということもある。そのため起業したのだが、長年培った諜報員としての知識や技術を活用し、億単位の利益を得ることはさほど難しいことではなかった。しかも、それを表の顔とすることで、隠れ蓑《みの》にすることもできたのだ。

「うん？」

夏樹はふと店の中央の席に座る二人組の男を見て眉《まゆ》を僅《わず》かに動かした。二人ともアジア系でコーヒーを飲んでいるのだが、窓の外の夜景を見ているようでピラードを監視しているように見えるのだ。

ピラードが食事を終えたらしく、席を立った。一緒に食事をしていたのは、濃いブラウンヘアーの背の高い美人で、ピラードが二年ほど前から後援しているソプラノ歌手のナタリー・プールナールである。ピラードはDGSIの局長ということもあり、交友関係は広く、海外でも活躍するアーティストの支援活動をしていた。

ナタリーは三十二歳、独身でソプラノ歌手としては中堅である。ピラードは海外で活躍する複数のオペラ歌手の後援をしており、現在の内務省ではなく将来的に文化省の大臣のポストを狙っていると言われている。

「すまない。急な用事を思い出した。会社の経費で落とすから勘定は君がしておいてほしい。往復のウーバーの料金も請求してくれ」

夏樹はナプキンを畳むと、立ち上がった。

「えっ、どういうこと？　私一人？」

ジェシカは自分を指差してキョトンとしている。自宅まで送ってもらえると思っていたらしい。彼女に限らず社員は夏樹の素性を知らない。今日のように任務に同行させることもあった。五人の女性たちは夏樹にとって会社同様に隠れ蓑なのだが、彼女たちを危険な目に遭わせることがないように配慮はしている。

「埋め合わせに、今度レストラン・ケイに招待するよ」

パリの三つ星レストランで、日本人の小林圭《こばやしけい》がオーナーシェフの店である。

「レストラン・ケイ！　やった」

ジェシカが、拳《こぶし》を握りしめた。パリっ子で、レストラン・ケイを知らない者はまずいないだろう。

「頼んだよ」

夏樹は小さく頷《うなず》くと、テーブルを後にした。

2

午後八時三十分。

ピラードとナタリーが、モンパルナス・タワーのエントランスを出てデパール通りの歩道に立った。

ナタリーは白いトレンチコートを着ている。彼女の透き通るような歌声は、フランス国内だけでなく、ドイツでも人気があるそうだ。

このビルは二〇二四年に完成予定の改装工事がはじまっており、工事のフェンスで囲まれた場所もある。高層階をクリアガラスに交換し、低層階を増築するなどパリのランドマークとしてふさわしいビルにするそうだ。二〇二四年に開催されるパリ・オリンピックに合わせて見栄えをよくするために、様々な改修工事がパリ中で進められていた。

ピラードがモンパルナス地下駐車場から出てきた黒塗りのベンツに乗り込んだ。局長だけにお抱え運転手付きの車である。

レストランで見かけた二人組の東洋人が、工事フェンスに囲まれた植え込みの陰からその様子を窺《うかが》っている。ピラードが会計している間に、先回りしたのだ。夏樹も彼らと同じエレベーターで一階まで降りたが、別の出入口から一旦《いったん》出て彼らを尾行してきた。一人は身長一九〇センチ、もう一人も一八〇センチ前後はありそうだ。

ピラードを見送ったナタリーは歩道を五十メートルほど歩き、デパール通りの中央分離帯に向かって右手を向けた。すると、中央分離帯に沿った駐車帯に停めてあるシトロエンC4がハザードランプを点滅させた。スマートキーを使ったようだ。

日本では見かけないが、デパール通りの中央分離帯の両側は料金メータがある駐車帯になっていた。英国を除くヨーロッパの車は左ハンドルなので、車道に出ることなく乗り降りできるため安全である。

ナタリーは中央分離帯に渡った。すると、東洋人の二人組が走って彼女に近付き、一九〇センチの男がナタリーを羽交い締めにすると、もう一人の男が彼女の口を左手で塞《ふさ》ぎ、首元にナイフを突き付けた。

夏樹は足音を立てることなく駆け寄ると、ナイフを持った男の腕を捻《ひね》って投げ飛ばした。男は一回転して頭から路上に転がる。

「!?」

驚きの声を上げた一九〇センチの男がナタリーを突き飛ばし、銃を抜いた。

夏樹は左足で銃を蹴《け》り飛ばし、舞うように踏み込むと掌底《しょうてい》で男の顎《あご》を突き上げる。巨体を宙に躍らせた男は、近くに駐車してあるアウディのボンネットの上にひっくり返ってすべり落ちた。

夏樹は父親の仕事の関係で中国に在住した少年時代に中国拳法《けんぽう》である八卦掌《はっけしょう》を学び、帰国してからは古武道を修行している。男たちはそれなりに鍛え上げている様だったが、夏樹の敵ではない。

「自宅まで送りましょうか？」

夏樹は中央分離帯に尻《しり》もちをついているナタリーに手を差し伸べた。二人組が狙っていたのがピラードではなくナタリーなら調べる必要がある。

「えっ、ええ」

ナタリーは夏樹の手を借りて立ち上がり、倒れている男たちを見て困惑の表情を見せた。

「男たちは気絶しているだけです。念のため、後で警察に通報しましょう」

夏樹は気絶している二人の男の顔写真をスマートフォンで撮影し、データを森本則夫《もりもとのりお》に送った。森本は〝マジックドリル〟というハンドルネームを持つ天才ハッカーである。公安庁時代に犯罪を見逃す代わりに情報屋として使ったのがきっかけで、十年以上の付き合いがあった。

夏樹はパリ市内にあるアパルトマンの一室を購入し、彼に仕事部屋兼住居として使わせている。森本はネットが通じる場所ならどこでも仕事ができるので、パリに来ないかと誘ったところ二つ返事で承諾した。

彼ならいきなり顔写真だけ送っても、夏樹の意図を察して身元を割り出してくれるだろう。ピラードの調査も森本に手伝わせており、彼女のスマートフォンをペアリングしたのはメールなどの解析をさせると同時にリモートで監視させるためである。

「あなたは警察官ですか？」

ナタリーは首を傾げた。二人の男を瞬時に倒したので驚いているらしい。

「失礼。私はローラン・サニョルと言います。警官ではありませんが、従軍経験があります。今はしがない貿易商ですよ。私も近くに車を停めているので、あなたの異変に気付いたんです。運転は私がしましょうか？」

夏樹はシトロエンC4の助手席のドアを開けた。予定外の行動をしているので、偽名を使った。ベルナール・エンリケも偽名であるが、パスポートや運転免許証など正規に通じる身分にしてあるので本名を名乗るのと同じだからである。

「ご迷惑ではありませんか？」

ナタリーは会釈して助手席に座ったが、手が震えている。気温は八度ほどだが寒いからではなく、動揺が収まらないのだろう。

「あなたを家まで送ったら、私はウーバーでここまで戻ってきますので、ご心配なく」

夏樹は運転席に乗り込むと、エンジンをかけた。

「ありがとう。それではお願いします」

ナタリーはホッとした様子で自分のスマートフォンを操作すると、ダッシュボードのスマホスタンドに載せた。

画面には地図アプリが表示され、自宅までのコースが設定されている。カーナビは使っていないらしい。行き先は、パリ15区のベルジェ通り沿いのアパルトマンのようだ。狭い通りだが、パリ第1パンテオン＝ソルボンヌ－サントル・サン・シャルル大学があり、治安がいい場所である。パリ市内なら地図など見なくてもどこにでも行く自信はあった。

「了解」

夏樹は周囲を確認すると車を走らせた。

モンパルナス通りからセーブル通りに入る。ベルジェ通りまでは四キロ弱、この時間なら十二、三分で着けるはずだ。

「ふん」

バックミラーを見た夏樹は鼻先で笑った。尾行を見極めるためにわざと直前で曲がったのだが、後ろに付いていたベンツが急ハンドルを切ったのだ。

「あなたは、これまでも襲われたことがありますか？」

夏樹はさりげなく尋ね、アクセルを踏んだ。

セーブル通りを直進し、四百メートル先のパストゥール通りとの交差点を渡ってルクルブ通りに入った。このまま進めば数分で到着するだろう。

「いっ、いいえ」

ナタリーは強張《こわば》った表情で首を横にふった。夏樹がスピードを上げた理由が分からずに不安なのだろう。後続のベンツもスピードを上げてぴたりと付いてきた。さきほど倒した男たちに仲間がいたらしい。

「ちょっと寄り道しませんか」

夏樹は一・三キロ先の信号もない交差点を強引に曲がり、コンヴァンシオン通りに入いる。交差点で対向車のワーゲンが驚いてハンドルを切ったらしく、スピンして停まった。ベンツは車体を滑らせながらもワーゲンの脇をすり抜ける。なかなか腕はよさそうだ。

「停めて！」

ナタリーが悲鳴を上げた。

「ドライブを楽しみましょう」

夏樹は表情も変えずにバックミラーを見て言った。

3

三日前、午後八時五十五分。パリ15区。

フランソワ通りとの交差点手前のグルネル通りに一台のタクシーが停まった。くたびれたハンチング帽を被《かぶ》った白髪の男が、銀の馬の柄が付いたステッキを突きながら後部座席から降りてくる。

「足元に気をつけてくださいよ」

タクシーの運転手が親切にも車を降りて、後部ドアを閉めた。

七十前後に見える年配の男は周囲をさりげなく見回し、交差点角にある〝ル・ビストロ・ド・ラ・タワー〟というレストランに入った。

年が明けてから新型コロナウイルスによる感染症も落ち着きを見せ、飲食店での規制も緩和されている。歩道にはみ出したテラス席にも客が戻ってきた。

店内の至る所にエッフェル塔のイラストが描かれ、天井からクラシカルな照明がぶら下がっている。いかにも観光客が喜びそうな店だ。

「雨は降らないが傘はいる」

老人は赤いシート席に座っているスーツ姿の男の前に座ると、妙な台詞《せりふ》を吐いた。

「えっ」

男は両眼を見開いた。見知らぬ老人がいきなり目の前の席に座ったので驚いたらしい。

「本部が近いからとはいえ、待ち合わせにこのビストロを使うのをやめてくれないか。目立って仕方がないだろう」

老人はステッキの柄を隣りの椅子に引っ掛けると、わざとらしく咳払《せきばら》いをした。老人は変装した夏樹である。

「きっ、君は、ムッシュ・エンリケなのか？」

男は夏樹を指差して言った。声でようやく分かったらしい。ＤＧＳＩの本部副局長のクロード・デュガリである。三時間ほど前に打ち合わせをしたいと連絡を貰《もら》っていた。デュガリとは五年ほど前に、作戦中に行方不明になったＤＧＳＩの諜報員であるポリーヌ・デュメルクを捜索する任務で知り合っている。

ポリーヌは、北朝鮮の極秘情報を摑《つか》んだために暗殺部隊から追われ、身を隠していたのだ。夏樹は執拗《しつよう》にポリーヌに迫る暗殺部隊を殲滅《せんめつ》して彼女を救い出した。さらに、彼女が死亡したことにしてその身の安全を図り、国外に脱出させている。その頃のデュガリは首都圏テロ対策部長だったが、二年前に副局長に昇進していた。

「いい加減に慣れろ」

夏樹は手招きでボーイを呼び、コーヒーを頼んだ。基本的に変装して外出するので、デュガリにも素顔を見せたことはない。声も変えられるが、彼と会う時は普段通りに話す。重要な打ち合わせでは指紋認証を求められたこともあった。

「目の前の老人が果たして君本人なのか戸惑うよ」

「そのための合言葉じゃないのか？　それとも指紋認証も必要か？」

夏樹は親指を立ててみせた。合言葉はデュガリに暗号で教えてあった。

「声と君から聞いた合言葉で判断したよ」

苦笑したデュガリは、右手を左右に振った。

「当たり前だ」

夏樹は鼻息を漏らした。

「君には手応《てごた》えがないかもしれないが、簡単な任務を引き受けてくれないか」

デュガリは気難しそうな顔で言った。


午後八時四十一分。

シトロエンC４のハンドルを握る夏樹は、デュガリの「手応えがない」という言葉を思い出して首を振った。尾行しているベンツの助手席から銃が覗《のぞ》いたのだ。

「頭を下げろ」

夏樹はナタリーの肩を摑んで下げた。

リアウィンドウで破裂音がした。銃弾が貫通したのだ。

「きゃあ」

ナタリーが悲鳴を上げる。

夏樹は反対車線に入って前の車を追い越し、対向車を寸前で避《よ》けてスピードを上げる。アンドレ・シトロエン通りとの交差点の赤信号を無視し、セーヌ川に架かるミラボー橋を渡った。

ポケットのスマートフォンが、呼び出し音を上げる。

夏樹はスマートフォンを取り出して電話に出た。着信音によって誰から電話が掛かってきたのか分かっているのだ。

「ああ、久しぶりだね」

夏樹はバックミラーで後方を確認しながらのんびりとした口調で話した。電話をかけてきたのは明石《あかし》柊真《しゅうま》という男で、パリ郊外にある〝スポーツ・シューティング＝デュ・クラージュ（Du courage）〟という射撃場を仲間と共同経営している。もっとも、それは表の顔で、フランス外人部隊でも精鋭と言われている第二外人落下傘連隊時代からの仲間と〝ケルベロス〟という傭兵《ようへい》チームを立ち上げ、主に紛争地で活動していた。

お互いフランスを拠点にしているので、たまにバーで飲みながら情報交換することもあった。彼も藤堂と付き合いがあり、極秘の任務をリベンジャーズと一緒に引き受けることがある。

追手のベンツがすぐ後ろに割り込んでくると、再び銃撃してきた。

「情報があったら、送るよ。すまない。今取り込み中なんだ」

夏樹は口角を僅《わず》かに上げてスマートフォンをポケットにしまった。詳細は聞かなかったが、柊真は藤堂と行動を共にしており、ウクライナのキーウにいるらしい。ロシアが きな臭いので何か情報があれば教えて欲しいそうだ。二人とも傭兵なので、銃弾が飛び交うような危ない目に遭っているに違いない。彼らのような仕事をしていたら、いくつ命があっても足りないだろう。

リアウィンドウに銃弾が当たった。

「まったく」

舌打ちをした夏樹はジャケットの下に隠し持っていたグロック26を出して左手に握る

と、ウィンドウから出し、後部ウィンドウに当ててまっすぐ後方に向けて構えた。

ルコント・ド・リスル通りを走っており、数秒でミニェ通りと交差して道路が鋭角に折れるポイントになる。

ハンドルを僅かに右に切りながら銃を連射する。銃弾はベンツの運転手の顔面に命中した。直後、ハンドルを左に切って鋭角に折れるポイントを曲がり切る。だが、運転手を失ったベンツはそのまま直進し、正面のビルに激突した。

「追手はいなくなったようです。さて、あなたが、命を狙われる理由が何かあるようです。お聞きしましょうか？」

夏樹はグロックをポケットに仕舞うと、落ち着いた声で尋ねた。銃まで出したのでいまさら偶然を装うこともできなくなった。単刀直入に聞いてもいいだろう。

「あなたは、一体何者なんですか？」

ナタリーは怯《おび》えた表情で尋ねた。

「私が敵か味方かという質問なら、あなた次第ですよ」

夏樹は優しく答えた。

4

午後九時二十分。

夏樹は尾行を確認するためにあえてブローニュの森を抜けるレーヌ・マルグリット通りを経由し、パリ８区に入った。

フォッシュ通りを東に向かう。正面にライトアップされたエトワール凱旋門《がいせんもん》が見える。

ナタリーは夏樹の「命を狙われる理由」という質問には答えずに黙って窓の外を見つめていた。銃撃されたショックもあるだろうが、単純に質問に答えたくないのだろう。

凱旋門のラウンドアバウトであるシャルル・ド・ゴール広場を回り、ベルギー大使館を右に見ながらカルノ通りに入る。

夏樹は百メートルほど先のヌーベル・エトワール・ホテルの前にある駐車帯に車を停め、周囲を窺《うかが》いながら車を降りて助手席のドアを開けた。

「マドモアゼル」

ナタリーに降りるように促した。

「分かったわ」

ナタリーは不機嫌そうに溜息《ためいき》を吐いて車を降りた。

ヌーベル・エトワール・ホテルのアパルトマンのようなエントランスから入ると、カフェを兼ねているラウンジの奥にフロントがある。ナタリーの安全を図るため、しばらくこのホテルに滞在させるつもりだ。

「ムッシュ・マルダ。今晩は」

フロントマンが夏樹の顔を見て笑顔で会釈した。このホテルの一室をヴァンサン・マルダという名で年間契約している。パリ市内と郊外に隠れ家として使っているアパルトマンもあるが、市内の二つのホテルと年間契約しており、毎日眠る場所は変えていた。

年間契約している理由は、独自に監視カメラとアラームセンサーを室内に設けて侵入者がいないか警戒しているからだ。また、緊急時には下水道に通じる退路の確保もしてある。

資金は〝ナヴィル・マーショ〟だけでなく、株式の取引もして得ていた。企業の裏情報も職業柄手に入れられるので、株式の取引だけで年間数億円の利益がある。フリーのエージェントとして活動するには、CIAやMI6など組織のエージェントよりも潤沢に資金を使うことだ。

「五〇七号室ですね」

フロントマンは帳簿も見ずにカードキーを手渡した。

「ありがとう」

夏樹はカードキーを受け取ってエレベーターに乗った。予備のキーがあるのでいつでも入室できるのだが、あえてフロントに顔を出して鍵《かぎ》を出させたのだ。

「ホテル暮らしをしているの？」

エレベーターに乗り込んだナタリーが尋ねてきた。フロントマンとのやりとりを見て驚いているようだ。

「事情があってね」

夏樹はそっけなく答えると、五階で下りた。突き当たりの非常階段に近い部屋に入る。一階のカフェもそうだが、部屋の壁にもエッフェル塔の写真が貼ってある。ここまで徹底すると食傷気味になるが、スタッフが親切で気が利くので文句はない。ホテルの居心地のよさは客室や設備などの器も大事だが、一番は人である。

　窓際にクイーンサイズのベッドが置かれており、ベッドのサイドチェストには洒落《しゃれ》た黒電話が置かれている。壁に架けられた50インチのテレビの下にガラステーブルと椅子が置いてあり、他の客室と設備は何も変わらない。私物は一切置いていないのだ。あえて私物というのなら、テレビに仕込んである監視カメラと人感センサーだけである。

「自宅にはしばらく戻るな。数日はホテルから出ない方がいいだろう。部屋は自由に使ってくれ。食事はルームサービスを頼めばいい。支払いは私がする」

　夏樹はフロントから借りたカードキーをナタリーに渡し、出入口のドアノブに手を掛けた。

「待って。私は本当に襲われた理由が分からないの。ただ、これと、関係があるのかも」

　ナタリーは白い封筒をバッグから出して渡してきた。

「これは？」

　夏樹は封筒の端を摘《つま》んで照明の明かりで透かして見た。何か小さな物が入っている。

「マダム・ピラードから、明後日《あさって》からのベルリン公演で現地のハンス・シュトライヒというサブプロデューサーに明日《あした》中に手紙を渡すように言われたの。これまでも、海外公演の前に食事に誘われて何度か頼まれたわ。でも、手紙を渡すだけならと思って引き受けてきた。彼女にはこれまでも援助を受けてきたから断れなかったの」

ナタリーは涙目で首を振った。女性の涙で夏樹は判断しないが、彼女の言っていることに矛盾はなさそうだ。手渡しで情報を移動させる原始的な方法が、ネット社会の現代では一番安全なのだ。DGSIがピラードの手口をこれまで摑《つか》めなかった理由はそこにあるのだろう。ピラードはナタリーだけでなく、複数のアーティストと付き合いがあるので怪しまれなかったようだ。

「借りてもいいかな。私が調べてみる。明日の朝までには返すよ」

夏樹は封筒を軽く振って言った。多分、ロックか暗号化されているだろうが、覗《のぞ》くことはできるはずだ。

「もし、有害な情報が入っていたら？」

ナタリーは上目遣いで尋ねてきた。

「ピラードの有罪が確定するだろう。君には迷惑をかけない」

夏樹は淡白に答えたが、場合によってはナタリーも何らかの罪に問われるだろう。

午後九時五十分。パリ18区、グット・ドール。

夏樹はプジョー3008をジャン・ロベール通りの六階建てのアパルトマンの前で停めた。ナタリーのシトロエンC4はリアウィンドウの銃撃痕《こん》が目立つため、シャンゼリゼ通りの地下駐車場に置いてきた。この駐車場に自分の車であるプジョー３００８を置いてあったため都合がよかったのだ。

　グット・ドールは治安が極端に悪いエリアだったが、最近ではそれほどでもない。むしろ、一般人が近寄らないような場所の方が隠れ家にするにはよかったくらいだ。

　車を降りた夏樹はアパルトマンの玄関横のテンキーロックを解除し、少々傷んだ階段を四階まで上がった。廊下の奥にある渋いえんじ色に塗装されたドアをノックした。以前は緑色だったが、今の住人である森本が塗り直したのだ。

　三重の電磁ロックが解除され、ドアが開いた。

　部屋にはコンピュータが何台も載せられたラックが何列も並んでいる。森本は数十台のコンピュータを並列処理できるように改造したそうだ。

　ラックの隙間を通り抜けると、森本が複数のモニターを前にして作業している。

「ドアはノックしなくてもちゃんと開けますから。何度言ったら分かるんですか。それから送ってきたアジア系の二人の男の身元は分かりませんでした」

　森本は、キーボードを打つ手を休めずに言った。アパルトマンの周囲にも部屋の前にも監視カメラとセンサーがあり、彼はそれで確認している。森本は夏樹がドアの前に立ったのを確認してから開けるのだが、遅いのでいつも催促しているのだ。仕組みを忘れているわけではない。

「これを調べてくれ」

夏樹はナタリーから預かった封筒をポケットから出し、キーボード近くに置いた。

「コネクタがCタイプのUSBメモリか。珍しくもありませんが、市販品ではなさそうですね」

森本は封筒から長さが二センチほどのメモリを出して鼻先で笑った。コネクタがCタイプのUSBメモリは市販されているが、2ミリほどの厚さしかなく製造番号などの表記が一切ないのだ。

「念のためにネットに繫《つな》がっていないパソコンで調べましょう」

森本は近くのラックに載せてあったノートPCのポートにUSBメモリを差し込んだ。

画面にパスワードの入力画面が出てきた。

「なるほど」

森本がキーボードを叩《たた》いてリターンキーを押すと、英数字の羅列が猛烈なスピードで正面のモニターにスクロールされていく。パスワードを解析するプログラムを走らせたのだ。

二分ほどで解析が終わり、森本が五桁《けた》のパスワードを入力すると、画面に夥《おびただ》しい英数字の文字列が表示された。

「AES方式ね。だよな」

森本はにやにやしながらキーボードを叩き始める。難解な暗号を見て興奮しているらしい。AES方式の暗号とは、128・192・256bitの鍵を使って暗号化するもので、高い安全性があると言われている。

夏樹は壁際のソファーに座り、スマートフォンに届いている暗号メールを開いた。来る途中でメールの着信音に気付いていたのだ。

〝ウクライナのキーウで、Wを発見。ただいま、RとKが捜索中〟という内容だ。メールは日本の傭兵《ようへい》代理店のスタッフである土屋《つちや》友恵《ともえ》からで、彼女はリベンジャーズが海外で活動している時は、彼らをサポートしている。Rはリベンジャーズ、Kはケルベロス、Wはロシアの民間軍事会社である〝ワグネル（ワグナー）・グループ〟のことである。

夏樹はウクライナにいる柊真からの電話が気になったため、彼らの動向を知らせるように彼女に頼んであったのだ。傭兵代理店とは契約関係にないが、友恵とはお互い情報交換をよくしている。

リベンジャーズとケルベロスは、昨年アフガニスタンのカブールで起きた爆弾テロ事件の真犯人はロシアの傭兵組織であるワグネルの仕業だと判断し、犯人を追っているらしい。

民間軍事会社であるワグネルは、非公式のプーチン直下の軍事組織だ。アフガニスタンで利権を狙っているロシアが、欧米を主体とした治安維持軍の追放を促すためのテロ事件に関わっていたとしたら納得である。

夏樹は常日頃から世界情勢に気を配っているが、この数ヶ月間ロシアというよりプーチンの不穏な動きが気になっていた。

ロシア軍は数ヶ月前からベラルーシで軍事訓練をしており、ウクライナに圧力をかけている。そんな中、プーチンは今月の二十一日に、ウクライナ東部で親ロシア派組織が勝手に名乗っていた〝ドネツク人民共和国〟と〝ルガンスク人民共和国〟の独立承認の大統領令に署名した。

夏樹は国際法を無視した暴挙に出たプーチンが、ロシア軍に対してウクライナ侵攻を命じるのは時間の問題だと思っている。

ロシアの侵攻がはじまったら欧米諸国の政治経済は混乱状態に陥るだろう。デュガリからの仕事もどうでもよくなるかもしれない。それに、プーチンが常軌を逸した作戦行動をとるのなら、それを食い止めるべく行動を取りたいとも思っている。

友恵からのメールはたったの一行だが、ロシアがウクライナで軍事作戦を計画している可能性があるということだろう。ますます目が離せそうにない。

「まいった。これは何かのリストのようなんですが、これを復号するには、二人の網膜認証が必要です。つまり、パスワードの入力も含めて三段階認証をクリアしなければ完全に復号できないんですよ」

声を上げた森本は、両手で頭を抱えた。

「二人？　いったい誰の？」

夏樹は右眉《まゆ》を吊《つ》り上げた。

「データに記載はありませんね。データの受け渡しに関わった人物に聞く他ないでしょう」

　森本はモニターを見ながら何度も首を横に振った。

「コピーできるか？」

　夏樹は立ち上がって尋ねた。

「コピー防止のプログラムは、解析済みです。でも、コピーしても復号できませんよ」

　森本は肩を竦《すく》めた。

「それは、後から考える。頼んだぞ」

「ちょっと、待ってください。例の助《すけ》っ人《と》のことで相談があるんですよ」

　部屋を出ようとすると、森本に呼び止められた。

「助っ人って、例のハッカーのことか？」

　森本はハッカー業界では、マジックドリルというハンドルネームで少しは知られた存在らしい。十数年前は犯罪に手を染めたこともあるが、今はプログラマーとしてスマートフォンのアプリの開発などで正当に所得を得ている。

　また、正義を行う〝ホワイトハッカー〟としても活動しており、企業からの依頼で〝ブラックハッカー〟のサイバー犯罪に対処することで高額な収入も得ていた。

　夏樹の手伝いをすることは犯罪行為にあたることが多いが、決して犯罪目的でないのでそれは問題視していない。また、夏樹は無償でアパルトマンを提供するだけでなく、報酬も与えている。問題は一人では夏樹をサポートしきれないことだ。そこで、仲間に加われそうなハッカーを森本は探していた。

「何度か手を借りています。腕は確かですよ。多言語話者で、ハンドルネームは、ニエボ・ディアベルです。それとなく、話を持ちかけたらパリで仕事をしたいとも言っていました。本名はまだ分かりませんが、仕事はできますよ」

森本は親指を立てて見せた。彼女とはメールのやり取りしかしていないのだろう。彼は気付いていないようだが、ニエボ・ディアベルとは、ポーランド語で悪魔の天国という意味である。

「信用できるのか？」

夏樹は首を傾げた。仲間にする以上、ハッカーとしての腕は当然のことながら、人格的にもクリアできなければ使うことはできない。ニエボ・ディアベルというハンドルネームを付ける段階で、人格的に問題を感じる。

夏樹の情報が漏れたら命取りになる。そのため、身元調査だけでなく、本人に直接会って確かめる必要があるのだ。これまで森本に二人紹介されたが、一人はドラッグ中毒で、もう一人は犯罪行為に手を染めていた。

「絶対気に入りますよ。彼女はホワイトハッカーとして活躍しています。悪を憎む気持ちはピカイチですよ。パリで仕事がしたいと言っていますから、確かめて欲しいんです」

森本は真剣な眼差《まなざ》しで言った。住所までは知らないということだ。

「分かった。今度時間がある時、会ってみよう。彼女にも言ってくれ。ネット越しの採用はしない」

夏樹のスマートフォンが着信音を発した。

森本が肩を竦めた。彼女の情報を送ったと言いたいのだろう。

「時間があればな」

夏樹は小さく頷《うなず》いて部屋を出た。

5

午後十時五十分。パリ3区。

夏樹はレピュブリック広場近くのベランジェ通りに、プジョー3008を停めた。

高級レストランもあり18区と違って治安がいいエリアだが、気取らないカフェやバーがある意外に庶民的な街である。

車を降りると、近くの五階建てのアパルトマンの玄関のセキュリティを解除し、鉄製の飾りドアを開けた。薄暗いエントランスの突き当たりにあるクラシカルなエレベーターの格子ドアを手で開けて乗り込み、五階のボタンを押す。建設されてから七十年ほど経つ古いアパルトマンだが造りはしっかりしており、メンテナンスも行き届いている。

五階に到着すると、再び格子ドアを開けてエレベーターを下りた。周囲を窺《うかが》いながら目の前のドアを開ける。施錠されていなかったように見えるが、右手の中に埋め込んであるICチップで電子ロックを解錠していた。夏樹はロンドンやニューヨークなどの海外の都市にもアパートなどの物件を所有しており、鍵《かぎ》を持っていなくても開けられるようにしてあるのだ。

五階の部屋は四十八平米の1LDKだが、二十八平米の屋根裏部屋が付いている。四十八平米の部屋にはソファーとテーブルなど備え付けの家具があるが、ほとんど使っていない。だが、小さなカウンターバーを置き、気に入った三十種類ほどのスコッチウィスキーやバーボンを置いてある。新型コロナでバーに行けなくなったので、設置したのだ。緊張を強いられる職業なので、リラックスするための小さな贅沢《ぜいたく》である。

夏樹は着ていたコートを近くのソファーに投げると、狭い階段を上って屋根裏部屋に上がった。屋根裏部屋と言っても、天井高は高いところで二・四メートルあり、八平米のこぢんまりとしたテラスも付いている。この界隈《かいわい》には高いビルはないので、覗《のぞ》かれる心配もない。夏樹がもっとも恐れるのは狙撃《そげき》されることだ。

キングサイズのベッドにソファーと机、それにテレビと冷蔵庫など一通り生活するのに不自由しないように揃えてあった。けっして広くはないが落ち着ける空間である。また、緊急時には、屋根伝いに隣接する建物へ脱出することも可能だ。

冷蔵庫からイタリア産のビール、モレッティの瓶を出して栓を抜き、壁際のソファーに腰を落とすように座った。今日はイレギュラーな動きをしたので、少々疲れた。

モレッティで喉《のど》を潤すと瓶を床に置き、スマートフォンのメールを見る。

「ふうむ」

友恵から新たな情報が入っていた。

〝キーウでWのアジト3あり〟

極端に短い文面だが、ワグネルのアジトがキーウに三箇所もあり、それをリベンジャーズとケルベロスが襲撃するということだろう。彼らだけでは警察や軍から敵と間違われるので、ウクライナ軍と合同なのか、あるいは協力という形で作戦を遂行するに違いない。

ワグネルは民間軍事会社であり、傭兵《ようへい》組織である。中でも特殊作戦をする傭兵はロシア最強の特殊部隊スペッナズ出身者ばかりで、指揮官クラスはＦＳＢ関係者と聞いている。プーチンの冷酷非情な私兵なのだ。

キーウに三箇所もワグネルのアジトがあるということは、何かテロ活動を計画しているに違いない。ロシアが半年以上もウクライナを圧迫していることを考えれば、ロシア軍侵攻の手助けをするためのものだろう。ウクライナのゼレンスキー大統領の暗殺ということも考えられる。仮にも大統領の暗殺が成功すれば、一気にロシア軍はウクライナ全土を武力制圧し、クリミア半島のように併合するはずだ。

戦争がはじまれば、夏樹が得意とする諜報《ちょうほう》活動の出番は極端に少なくなるだろう。戦場で役に立つのは、偽の情報を流して兵士の戦意喪失や作戦を攪乱《かくらん》させることだ。諜報活動としては、下の下である。夏樹がするような仕事ではない。

「何かできることはないか」

自問するように呟《つぶや》いた夏樹は、腕時計を見た。午後十一時二十分になっている。スマートフォンを出して電話アプリを起動させ、九桁《けた》の電話番号をタップした。これは中国で開発された通話を暗号化する非公開のアプリで、共産党幹部と海外で活動する人民解放軍総参謀部・第二部（情報部）の課報員が使うことを許されている。

夏樹はプラントの技術者である父親の隆重《たかしげ》の仕事の関係で、八歳から中学二年まで中国で過ごした経験があった。父親は中国拳法《けんぽう》に興味を持つ夏樹に、八卦掌《はっけしょう》の達人である傳道明《チュアンダオミン》の許《もと》で稽古《けいこ》をさせている。この傳道明こそ梁羽であった。出会いは偶然ではなく、若き梁羽は身分を偽って隆重と家族を監視していたのだ。

隆重は、仕事の傍ら公安調査庁から依頼されて中国の軍事基地などを撮影していた。だが、素人に課報員の真似が出来るはずがなく、隆重と母である聡子《さとこ》は強盗を装った総参謀部の工作員に惨殺された。それを知った梁羽は、犯人である工作員を密《ひそ》かに殺害している。そして、未成年だった夏樹を安全に日本の親族の許に送り届けたのだ。

梁羽は十年ほど前に公安調査庁を退職した夏樹が、フリーのエージェントになったことを機に真実を話した。また、〝冷たい狂犬〟として追われる身である夏樹に、総参謀部・第二部第三処の課報員の身分を与えることで安全を保障しているのだ。

現在は紅龍《こうりゅう》という課報員とすり替わり、その身分を使っている。以前は、楊豹《ようひょう》という名を使っていたが、四年ほど前に身分が疑われる可能性が生じ、アフリカで死亡したことにしてあった。中国の諜報員になり切ることで、安全だけでなく総参謀部の情報網を利用しているのだ。

——モーニングコールを頼んだ覚えはないぞ。

不機嫌そうな渋い声が聞こえてきた。梁羽に電話をかけたのだ。彼の執務室がある北《ペ》京《キン》なら午前六時二十分になっている。

「あなたなら、遅くとも五時には起きているんじゃないですか？」

夏樹は足を組んでくつろいだ姿勢になって尋ねた。梁羽は恩師であり、諜報の世界では大先輩であるが、遠慮することはない。

——ふん。何の用だ？

梁羽の鼻息が聞こえた。やはりとっくに起きていたようだ。

「数時間前に、パリで中国人の二人組が、フランス人女性を襲いました。そのことで何かご存知ないかと思いまして」

夏樹は世間話でもするように尋ねた。

——パリで活動しているうちの社員は、おまえ以外に二人いるが、そんな命令は出していない。だが、第十一の二人の社員が、交通事故で死亡したと騒いでいる。何か知っているか？

梁羽は質問を返してきた。

社員とは工作員を意味する。暗号化された通話でも工作員とは言わないのだ。第十一とは第十一局のことで、総参謀部・第二部にはないので、第三部（技術部）の第十一局（61672部隊）のことだろう。

「なんとなく聞いています」

夏樹は苦笑した。

——そういうことか。詳しいことは地元で調べることだな。

梁羽は夏樹の適当な返答で、すべて察したらしく、素気なく言うと通話を一方的に切った。彼は非常に用心深いので長電話を嫌っているのだろう。

「第十一局？」

夏樹は首を捻《ひね》った。第三部の第十一局といえば、対ロシア専従の部隊でフランスにいるのもおかしいからだ。

右手のスマートフォンが呼び出し音を奏でた。割り当てた呼び出し音からデュガリだと分かる。

「どうした？」

——君に依頼した仕事だが、どうやら必要なくなったようだ。

「どういう意味だ？」

——ターゲットが消滅したのだ。君も確認したいなら、ターゲットの自宅まで来てくれ。マキシム・プラティニと名乗ってもらえれば、中に入れるようにしておく。

デュガリが言った「ターゲットが消滅」は、ピラードが死亡したという意味である。

「分かった。十分で行く」

夏樹は下の階の出入口近くにあるクローゼットから革の手袋とライダースジャケット、それにフルフェイスのヘルメットを出して部屋を出た。

6

エトワール凱旋門《がいせんもん》があるシャルル・ド・ゴール広場に通じる十二本の通りの中で、ブローニュの森に続くフォッシュ通りは、パリで一番広い大通りである。

横幅は百二十メートルあり、中央に二車線の上下線とその両脇にある緑地帯の外側に一方通行の側道がある。一八五四年の完成当時は、ブローニュの森に向かう馬車道だったため、〝森の道〟と呼ばれていたそうだ。

馬車が行き交う閑静な緑地がある通りの周辺は裕福なブルジョワ階級の住宅街となり、現在も金持ちやセレブの高級住宅街として有名である。


午後十一時三十二分。

黒のカワサキ・ニンジャ400に乗る夏樹は、フリドラン通りからシャルル・ド・ゴール広場を抜けてフォッシュ通りに入った。四百メートルほど先の七階建てのアパルトマンの前でバイクを停めると、ヘルメットのバイザーを上げて建物の上階を見上げた。

このアパルトマンの五階にピラードが住んでいる。

ベランジェ通りの夏樹のアパルトマンから六キロほどの距離だが、この時間でも車なら二十分近くかかる。そのため、バイクに乗ってきたのだ。

二メートルの高さがある鉄柵《てっさく》に囲まれた七階建てのアパルトマンの正門前に、パトカーが停められている。

ヘルメットをハンドルに掛けてバイクから降りた夏樹は、パトカーの脇を抜けた。

「住民以外は入れません」

パトカーの後ろから現れた警察官が、ハンドライトで夏樹の顔を照らして前に立った。

「マキシム・プラティニだ。現場に呼ばれている。確認してくれ」

夏樹は目を細めて警察官を睨《にら》みつけた。玄関前に立っている警察官もこちらを気にしている。現場はDGSIが指揮しており、警察は現場を封鎖するために配置されたに過ぎないはずだ。だが、彼らに話が通じなければ無理を通す場面ではない。裏通りに地下駐車場の出入口があり、そこから忍び込むつもりである。

「外務省の方ですね。どうぞ。通ってください」

警察官はあっさりと、道を譲った。外務省の職員という設定らしい。

「ありがとう」

夏樹は小さく頷《うなず》くと別の警察官の脇を通り、両開きのガラスドアを開けてエントランスに入る。大理石の床のエレベーターホールにも警察官が立っていた。ピラードは野心家で、政財界にパイプを持っており、将来的に政治家になると見られていた人物である。彼女が潔白なのか海外との繋《つな》がりで汚染されているのか調べる必要があった。それを確認する前に死亡したというのでは、政府もどう扱うか迷っているはずだ。

　エレベーターを五階で降りると制服警察官の姿はなく、スーツ姿の男女が廊下に立っていた。このフロアはDGSIだけで仕切っているのだろう。

「外務省のムッシュ・プラティニですね。ご案内します」

　振り返った金髪の女性が、緊張した面持ちで夏樹の前に立った。DGSIのリアーヌ・ネシブである。五年前にポリーヌを捜索するためエマ・メイユーと名乗っていた彼女と一緒に仕事をしたことがあるが、夏樹に気付いていないのだろう。というのも、当時も彼女に素顔を見せたことはなく、今と違う特殊メイクをしていたからだ。

　夏樹はリアーヌに従って廊下を進み、二つ目の部屋に入った。

　五十平米ほどの部屋の天井には豪奢《ごうしゃ》なシャンデリアが下がり、革製の贅沢《ぜいたく》なソファーが大理石のテーブルを囲んでいた。壁にはモダニズム調の油絵が掛けてあり、ちょっとしたサロンのようだ。正面のガラス窓には木製のシャッターが下りている。部屋の両側にドアがいくつかあるので、この部屋を中心に寝室やダイニングがあるらしい。

　スーツ姿の男たちが壁板を外したり、三脚を使って天井を調べたりと何かを探しているようだ。

　右手奥にあるドアが開き、デュガリが不機嫌そうな顔を覗《のぞ》かせた。

「早かったな。こっちに来てくれ」

デュガリがリアーヌにも手招きをした。

夏樹とリアーヌは、部屋に入った。

「えっ！」

両眼を見開いたリアーヌが口元を手で押さえた。

窓際に置かれたクイーンサイズのベッドの上で服を着たままピラードが喉《のど》を切られて死んでいる。しかも、右の眼球が抉《えぐ》り取られているのだ。帰宅直後に殺されたのだろう。クローゼットや棚が荒らされているので、犯人は何かを探していたらしい。おそらく、夏樹のジャケットのポケットに入っているＵＳＢメモリであろう。犯人は、第二と第三認証に網膜認証が必要ということまで知っているらしい。

「マスクをしているので特定できないが、白人が監視カメラに映っていた」

デュガリが死体を見ながら言った。

「死後に右目を摘出しているな」

夏樹はポケットからペンライトを出し、死体の状態を見ながら言った。傷口は鋭利な刃物で切り取られている。外科用の手術ナイフを使ったのかもしれない。

「他国の諜報《ちょうほう》員の仕業にしては、あまりにもむごたらしい。精神を病んだ泥棒の犯行かもしれない。だが、念のためにうちの職員に犯人が何を探っていたのか家中を探させている」

デュガリは真面目な顔で言った。

「本気で犯人は泥棒だと思っているのか?」

夏樹はデュガリをちらりと見て尋ねた。

「私は犯行を残虐な殺人鬼に見せかけた偽装だと思っている。そこで、君にリアーヌ・ネシブと組んで真相を突き止めてほしい」

デュガリが、夏樹とリアーヌを交互に見て言った。

「彼女と組むのは久しぶりだが、大丈夫なのか?」

夏樹はリアーヌを見て冷たく言った。外部の夏樹を引き続き使うのは、内部の犯行という可能性を排除できないからだろう。

「彼女はDGSIでベテランの職員だ。問題ない」

デュガリが大きく頷いて見せた。

「失礼ですが、私は外務省の方とご一緒した記憶がありませんが」

リアーヌは首を傾げた。

「君とは五年前にドイツまで一緒に行ったはずだ。エマ・メイユー」

夏樹は彼女が使っていた偽名で呼んだ。

「五年前?　えっ、あなたは、冷たい狂犬!」

リアーヌはこぼれ落ちるのではないかと心配するほど、両眼を見開いた。

「マキシム・プラティニで構わない」

夏樹は口角を僅《わず》かに上げて笑った。

7

零時二十分。

夏樹はカワサキ・ニンジャ400をヌーベル・エトワール・ホテルの前に停めた。

リアーヌとの捜査は明朝からとなり、殺人現場で別れている。デュガリとリアーヌには、ナタリーから預かったUSBメモリのことは盗聴の恐れがある現場では話せなかった。ピラードの死とUSBメモリが関係していることは間違いないだろう。それだけに慎重に行動しなければならないのだ。

夏樹は無人のフロントのカウンターに置かれているコールベルを鳴らした。

明日ナタリーにUSBメモリを返す。彼女には予定通りベルリンに行ってもらい、夏樹とリアーヌでそれを追う。ナタリーには悪いが、囮《おとり》になってもらうのだ。リアーヌが信用できる人物ということは分かっているので、USBメモリの件は明日改めて話してから一緒に行動するつもりである。

テレビに仕掛けてある隠しカメラと人感センサーでナタリーを監視しているが、侵入者に即応できないため近くの部屋で休むことにした。運悪く事件に巻き込まれたようだが、彼女に対しては何の感情もない。だが、危険な使命を果たしてもらう以上安全は保障するのが礼儀であろう。

「ムッシュ・マルダ。お帰りなさい」

フロント係がカウンターの後ろのドアから現れ、夏樹の顔を見て笑みを浮かべた。

「夜分、すまないが、私の部屋の近くに空室はないかな？」

夏樹はカウンターにチップを載せて尋ねた。

「二つ隣りの五〇五号室が空いていました」

フロント係はカードキーをカウンターに載せた。自分の部屋を持つ客だけにいまさらチェックインの手続きは不要である。

「ありがとう」

夏樹はカードキーを受け取ると、エレベーターに乗り込んだ。

スマートフォンを出した夏樹は監視映像アプリを立ち上げ、五〇七号室の映像を見た。スマートフォンのパフォーマンスが上がり、様々なアプリが開発されたことで諜報員は小道具を持ち歩く必要がなくなった。素人でもスパイ道具を容易に手に入れられるようになったということでもある。

クイーンサイズのベッドにナタリーが毛布を被《かぶ》って眠っている。二、三十分おきに確認していたが、変わりはないようだ。また、彼女には気付かれないようにGPS発信機を取り付けていた。彼女の位置情報も変わりはない。

手元のスマートフォンが呼び出し音を上げた。森本からである。

――今すぐ、ナタリーが部屋にいるか確認してください。

森本が珍しく取り乱している。

「どうしてだ？」

夏樹は眉《まゆ》をぴくりと動かした。

――今気が付いたんですが、九分前の監視映像に二十秒の空白があるんです。停電していたみたいです。

「分かった」

夏樹は五階に到着すると廊下を走りながらグロック26を抜く。

カードキーで五〇七号室を解錠すると、ドアを勢いよく開けて銃を四方に向けた。

荒らされた跡はなく、室内は監視映像のままである。

夏樹は銃をヒップホルスターに仕舞うと、ベッドの毛布を捲《まく》った。枕と丸められたベッドカバーが人形《ひとがた》に置かれている。しかも枕元にボタン電池ほどの大きさのGPS発信機があった。彼女に逃げる必要性はないはずだ。とすれば、二十秒の停電で生じた空白で、拉致《らち》されたに違いない。ホテルのスタッフもブレーカーを確認する前に照明が回復したので怪しむこともなかっただろう。ベッドの小細工だけならともかく、GPS発信機のチェックまでするとはプロの仕業である。

「くそっ！」

舌打ちをした夏樹は、枕をベッドに叩《たた》きつけた。尾行を確認してナタリーをホテルまで連れてきたはずだ。この場所が他人に知られるとは思えない。

再び森本から電話が掛かった。

――停電から逆算して交通カメラで犯人と思《おぼ》しき車を発見しました。位置情報は、あなたの追跡アプリに送ってあります。現在移動中です。

追跡アプリとは地図上にGPS発信機の位置情報を表示させる。だが、今回は自前のGPS発信機を取り付けたわけではない。すべての車に対処できるわけではないのだろうが、森本は車のコンピュータをハッキングしたのだろう。

「分かった。ところで、この場所がどうしてバレたと思う？」

夏樹は左耳にブルートゥースイヤホンを入れながら尋ねた。犯人を追うのに森本のバックアップを得るためである。

――軍事衛星で追跡されていたと思います。パリを監視できる衛星は、米英仏、それにロシアと中国です。いずれかの衛星に二人の乗った車がロックオンされていたんでしょう。それ以外、考えられません。

「この任務は、奥が深そうだな」

夏樹は、スマートフォンを手に部屋を出た。

零時三十八分。

夏樹はハンドルのホルダーに取り付けてあるスマートフォンを時折見ながらバイクに

跨《また》がっている。パリの環状道路から高速道路A1号線に入り、北に向かっていた。六キロほどまで差を縮めたターゲットの車は、A1号線を東に向かって進んでいる。A1号線はサン＝ドニの手前で東に向かうのだ。

四分後、ターゲットはA1号線を出て一般道のパリ通りに出た。どうやらル・ブルジェ空港に行くようだ。現在は航空ショーの会場やプライベート機の空港として使われているが、民間旅客機の発着はない。

「やはりな」

追跡アプリを見た夏樹は、呟《つぶや》いた。ターゲットの位置は、空港内の駐車場で停まったのだ。猛スピードで追っているが、ターゲットとは数分の差がある。ナタリーを拉致した連中が飛行機に乗る前に止めなければ追跡は難しい。空港だけに手続き等で手間取ることを祈る他ないだろう。

夏樹はスマートフォンで森本に電話を掛けた。

――分かっていますよ。ル・ブルジェ空港の全監視カメラの映像が見られるようにしています。

森本はこちらの意図を察していた。

――ナタリーを空港の監視カメラで確認しました。意識が朦朧《もうろう》としているようで、二人の男に連れられています。今、空港ビルから出るところです。不味《まず》いですよ。エプロンに駐機してあるプライベートジェットに乗せるのでしょう。

「了解」

二分後、夏樹はパリ通りに出ると再びスピードを上げ、空港北側のローム通りに入る。この道を使うのは空港関係者だけだろう。運送会社の駐車場前を通って左に曲がり、正面に現れたゲート脇の隙間をすり抜けて空港に侵入する。夜間で無人ということもあるが、警備は緩いようだ。

――五百メートル北に駐機されているボンバルディアのグローバル６５００がそうです。抱きかかえられて彼女が乗り込みます。間に合いませんよ！

森本が甲高い声を上げた。

「うるさい！」

首を振った夏樹は、スロットルを開いた。

数百メートル先のエプロンに、ライトに照らし出されたグローバル６５００の白い機体が見える。猛スピードで近づくバイクに気が付いた男がいきなり発砲してきた。

夏樹は蛇行運転しながら、一旦《いったん》離れる。男が銃撃しながら飛行機に乗ると、タラップは上がった。同時に機首を北に向け、誘導路を走り出す。

夏樹はグローバル６５００と並ぶと、コックピットに向かってスライドオープンするまで全弾を撃った。だが、機体はまだ前進する。パイロットを狙わずに、操縦機器だけ破壊しようとしたのだ。だが、左手も離してマガジンを交換すると、今度は尾翼下のエンジン目掛けて数発撃った。だが、グロックの９ミリパラベラム弾ではエンジンに致命傷を負わせられないらしい。

夏樹はグロックを仕舞うと、手袋を外してエンジン部と並行して走った。右手に手袋を持つと、インテークと呼ばれる吸入口に投げ込んだ。小さな破裂音がする。続けて大きな爆発音を上げて炎を吐き出すと、機体はようやく動きを止めた。

タラップが開き、サブマシンガンのH&K　MP7を構えた二人の男が降りてくるなり、銃撃してきた。

夏樹は機体の反対側に逃げると、Uターンして胴体の下から男たちを撃つ。そのまま飛行機の下を潜り抜けてバイクを止め、マガジンを交換しながらタラップを駆け上がった。

銃弾が空を切って耳元を抜ける。反射的に通路に立っていた男の胸を銃撃し、倒れる男を抱きかかえて弾除《たまよ》けにして通路奥の男の眉間《みけん》を撃ち抜いた。

「くっ！」

脇腹に激痛を覚えた。

振り返ると、コックピットから銃を手にしたパイロットが現れた。夏樹は銃撃しながら近くの座席に身を隠す。チャーター便だと思っていたが、パイロットも一味だったらしい。

立ち上がって確認すると、パイロットは床に倒れていた。体勢を崩しての発砲だったが、眉間に二発命中していた。銃を構えて機内を見回したが、目視できる範囲で敵はいない。ナタリーは一番奥の座席でぐったりとしている。

足元の死体を跨《また》いでゆっくりと通路を進む。

「むっ」

夏樹は斜め前の座席に向かって二発撃った。微《かす》かに呼吸音が聞こえたのだ。

銃を手にした男が呻《うめ》き声を上げながら通路に倒れた。夏樹は倒した男たちの顔をスマートフォンで撮影しながら通路を進んだ。

サイレンの音が聞こえる。空港の消防車が駆けつけてきたのだろう。

「しっかりしろ。歩けるか」

ナタリーの肩を軽く揺すってみると、瞼《まぶた》を開けるのだが焦点が合っていない。

「手を貸して」

ナタリーは、右手だけ操り人形のようにぎこちなく動かして笑った。危機的状況を把握できていないのは、睡眠薬か麻薬を打たれているからだろう。

「仕方がない」

夏樹はナタリーを抱き上げ、飛行機から降りた。

消防車と救急車が飛行機に横付けされ、それぞれの車から隊員が降りてきた。

「何があったんですか？」

救急隊員が声を掛けてきた。その他にも三人の消防隊員が燃え盛るエンジンの消火作業をはじめた。タラップ近くに二人の男が倒れているので驚くのも無理はない。

「私はＤＧＳＩの捜査官だ。拉致された女性を救出した。内部で銃撃戦があったのだ。空港は封鎖する。とりあえず、彼女を病院に連れて行きたい」

夏樹は救急隊員が用意したストレッチャーにナタリーを乗せた。

身代わり

1

二月二十四日、午前一時四十分。ゴネス。

夏樹はル・ブルジェ空港の北にあるゴネス総合病院の個室にいた。

ゴネスはパリ中心部より十八キロほど北北東に位置する田舎町である。病院の東側には広大な墓地があり、北側は田園地帯、西側と南側が市街地となっていた。

病室のベッドには点滴を打たれたナタリーが、眠っている。彼女は合成麻薬であるMDMAを多量に飲まされていたらしい。致死量ではなかったが、今後副作用が生じることは免れないようだ。

ドアがノックされた。

夏樹はヒップホルスターのグロックを握りしめてドアを開ける。

「君は休むということを知らないのか？」

不機嫌そうな顔のデュガリが、リアーヌを伴って入ってきた。病院の夜間受付にこの部屋に案内するように頼んであったのだ。

「空港は？」

二人とすれ違った夏樹は、廊下を見回してドアを閉めた。

「君に頼まれたように、閉鎖した。パイロットも含めて六人の死体は、DGSIの本部に運ばせている。誰が死体の山を作れと頼んだんだ？」

デュガリが青筋を立てている。彼にはル・ブルジェ空港の封鎖をしたら、打ち合わせがしたいのでリアーヌと一緒にゴネス総合病院に来るように連絡した。詳細はむろん話していない。局長が殺されたDGSIは、間違いなくモグラがいると思っている。局内が汚染されている状態では、どんな通信手段も信用できないので呼び出したのだ。極秘の打ち合わせをするのに郊外の病院は適していることもある。

「拉致《らち》された彼女を救い出すために止むを得なかった」

夏樹は二人に壁際のソファーに座るように促した。

「それで、誰なんだ。その女性は？」

ソファーに腰を下ろしたデュガリは、訝《いぶか》しげな顔でナタリーを見た。

「ソプラノ歌手のナタリー・プールナール。偽名で入院させた。大量のMDMAを飲まされて意識を失っている。明日には退院できるだろう。彼女の保護も頼みたい」

夏樹は立ったまま答えた。パイロットの銃弾は、左脇腹を掠《かす》めた。縫うほどではなかったが、立っていた方が楽なのだ。

「ナタリー・プールナール！　知っています。結構有名ですよ」

リアーヌは目を丸くしたが、デュガリは首を捻《ひね》っている。

「有名なソプラノ歌手が、どうして拉致され、なぜ君が命懸けで助けたのかね」

デュガリは腕を組んで質問を続けた。

「命懸けではないが、彼女は捜査に必要だから助けたのだ。だが、当分、動けそうにないがな」

夏樹は表情もなく答え、昨夜ナタリーがピラードと食事をしていたことから時系列に沿って話した。

「驚いたな。そのUSBメモリの運び屋に彼女は仕立てられていたのか？　素人を使うとは考えたな。ピラードは我々が監視していることを知っていたのだな」

デュガリは溜息《ためいき》を漏らした。

「疑われる前から素人を使っていたようだ。それが命取りになったな」

夏樹は鼻先で笑った。自分の身も守れず、動きが予測できないような素人を、プロは使ってはいけない。

「そのUSBメモリは、君が持っているのか？」

デュガリは夏樹を指差した。

「鼻が利くな」

夏樹はジャケットの内ポケットからUSBメモリが入った封筒を出し、リアーヌに投げ渡した。

「中を確認したのか？」

デュガリは封筒をちらりと見て言った。

「ロックが掛かっている。最初のパスワードは解読できたが、二つの網膜認証が必要だった。だから中は確認できていない」

夏樹は首を振った。

「それで、ピラードは眼球を抉《えぐ》り取られたのか？」

デュガリは大きく頷《うなず》いた。

「犯人は、USBメモリが三段階認証ということだけ知っているのだろう。ピラードはナタリーを介してベルリンのある人物に渡す予定だった。おそらく、諜報《ちょうほう》関係の人物にUSBメモリの解析を依頼するつもりだったのだろう。その人物なら、網膜認証のことを知っている可能性はある。ピラードの行動からして彼女の網膜が認証に必要とは思えない」

夏樹はリアーヌの顔を見ながら答えた。

「手掛かりはベルリンの人物ということか。今日中に渡す予定だったが、彼女が無理となれば、代役を立てる他ないな。だが、相手が諜報機関の人間なら別人とは会わないだろう」

デュガリもリアーヌの顔を見た。

「まさかとは思いますが、私に彼女の代役をやれというのですか？　絶対無理ですよ。

彼女はオペラ歌手ですよ」

リアーヌは激しく首を振った。

「君とナタリーは年恰好《としかっこう》が似ている。私が特殊メイクすれば、問題ない」

夏樹はそのつもりで眠っているナタリーの顔の写真を撮影し、顔のパーツが作れるように測定もしてある。もっとも、リアーヌならメイクだけでもかなり似せる自信があった。

「それなら決まりだな。リアーヌ。彼と一緒にベルリンに飛んでくれ」

デュガリは簡単に決めた。ピラードの捜査は、別の段階に入っている。彼としては彼女が死亡した時点で、半ば任務が終わっているため重責はないのだろう。

「そっ、そんなあ」

リアーヌは頬を膨らませ腕を組んだ。

「今日の行動予定だ。明後日からの公演はナタリーが新型コロナに感染したことにしてキャンセルすれば、代役が立てられるだろう」

夏樹はナタリーのスマートフォンをリアーヌに渡した。ペアリングして森本に解析させてあるので安全である。

「午後七時半にベルリンで、サブプロデューサーのハンス・シュトライヒ氏とボルヒャルトで会食……。その時、USBメモリを渡すのね」

リアーヌは渋い表情で小さく首を横に振った。引き受けざるを得ないことは分かったらしい。

「シュトライヒは私が、監視する。それにUSBメモリの空きスペースにウイルスを仕込んである。パソコンに差し込めば感染し、データを送信してくる。見失うことはない」

森本にUSBメモリのデータをコピーするだけでなく、細工させていたのだ。

「抜け目ないわね」

リアーヌは笑うと封筒を自分のポーチに仕舞った。

2

二月二十四日、午前六時二十分。パリ3区。

夏樹はベランジェ通りに面したアパルトマンの屋根裏部屋で、フランス公共放送である〝フランス2〟の緊急特別番組を憮然《ぶぜん》とした表情で見ていた。

二時間ほど前にモスクワでプーチン大統領が、ドンバスでの〝特別軍事作戦〟の開始を発表したのだ。西側はNATOの東方拡大をさせないという約束を破ったとし、ウクライナの加盟を進めた責任は米国にあると一方的に非難している。

ロシアはベラルーシで一ヶ月にも及ぶ軍事訓練を行って部隊を撤退させると言いながらもベラルーシの国境沿いに軍を集結させ、ウクライナを圧迫していた。世界各国から猛烈な非難を浴びながらもロシアは、国際法を破って侵略戦争に踏み切ったのだ。

ロシアに戦争を仕掛けられたウクライナに、非はない。プーチンの演説はウクライナを手に入れるための嘘と屁理屈《へりくつ》に過ぎず、聞くに堪えないものである。だが、憂慮していた戦争がはじまった以上、夏樹がウクライナの助けになるような働きができるとは思えない。それが、腹立たしいのだ。

テレビの電源を切った夏樹は、階下に下りた。

「まだ、動いちゃ駄目？」

髪を染めたリアーヌが、夏樹を見上げた。ゴネス総合病院から一旦《いったん》帰宅した彼女だが、特殊メイクをするために一時間前に訪れている。パリ市内の隠れ家はこれまで他人に教えることはなかったが、今回は仕方なく彼女を呼んだのだ。

「大丈夫だ」

夏樹はリアーヌの前に椅子を置いて座り、彼女の額のラテックスの状態を確かめた。

ナタリーは母方がスペイン系のためか、髪は濃いブラウンで瞳《ひとみ》は透き通った茶色である。また、額がリアーヌより若干高い。そのため、髪を染めるだけでなく茶色のカラーコンタクトレンズを入れ、額にラテックスの薄い膜を貼り付けて高くした。専用の接着剤は速乾性があるものの固定するまで動かないように言ってあったのだ。

夏樹は慣れた手つきで彼女にファンデーションを塗ってナタリーの肌色に近づけ、アイシャドウとアイラインを引いた。また、唇はナタリーの方が下唇が若干厚いので、口紅で表現してみる。

「もし崩れるようなことがあったら、自分で直してくれ」

夏樹はリアーヌに手鏡を渡した。

「すっ、すごい。まるでナタリーみたい」

リアーヌは自分の顔を見て声を上げた。彼女は肌の色が透き通るように白いゲルマン系だが、鏡の中の顔は情熱的なラテン系になっているのだ。

「ナタリーはパリジャンアクセントだ。母音の発音に気を付けてくれ」

夏樹は母音の抑揚を抑えて発音した。パリジャンアクセントは母音を抑え、語尾を下げて抑揚のない話し方をする。フランスでは「アクセントがない」というが、それは褒め言葉になるのだ。

「私、訛《なま》っているの？」

リアーヌは首を傾げた。彼女は比較的標準語が話せる。だが、たまに語尾が上がるのが気になる。リヨン出身のため南フランス訛りが出るようだ。

「訛りが指摘されたら、マルセイユ育ちの友人のせいだと誤魔化すんだ。ハンス・シュトライヒが、ドイツ人だとは限らないからな」

優れた諜報員なら、微妙な違和感でも警戒するものだ。

夏樹はリアーヌを椅子に座らせ、彼女の髪を理容ハサミで二センチほどカットして毛先を整えた。

「顔や発音を似せても、声の質はどうしたらいいの？」

リアーヌは溜息《ためいき》を漏らした。彼女は偽名を使うことはあっても他人に成りすまして諜報活動をすることはほとんどなかったのだろう。夏樹は数ヶ国語でネイティブなみに会話でき、声の質も変えることができる。訓練の結果ではあるが、生まれ持った声質もあるのだ。

「喉《のど》の調子が悪いので明日のリハーサルが心配だと言えばいい。ナタリーに成り切ることだな」

夏樹はリアーヌの正面に立ち、メイクの完成度を確かめた。他人のメイクをすることは滅多にないが、我ながらなかなかの出来栄えである。

「成り切るって言われても……」

リアーヌは首を左右に振った。

「朝飯を食いに行こうか」

夏樹はコートを羽織って部屋を出た。

二人は中央に自由の女神像（マリアンヌ像）が置かれたレピュブリック広場に出ると、右に曲がった。アパルトマンから歩いて三、四分の距離で、広場に通じるレピュブリック通りとヴォルテール通りの交差点角に〝モン・ココ〟という店がある。午前七時から午前二時まで営業しており、古いアパルトマンの一階と二階にあるガラス張りのモダンなカフェだ。

夏樹はあえて一階のレピュブリック広場が見渡せる席に座った。この店はアラカルトはほとんどないが、セットメニューで気軽に食べられる。二人はブランチセットとコーヒーを頼んだ。

「見られている気がする」

リアーヌは店の前を歩く通行人の目を気にした。実際、通行人は彼女の顔を繁々と見て通り過ぎた。

「通行人が君をナタリーだと思ったんだろう。気にすることはない。有名人の気持ちが分かるというものだ。他人の目に慣れることも訓練だ。監視されていたとしても、気付かない振りができるようになればなおさらいい」

夏樹はコーヒーを飲みながら淡々と言った。

「諜報《ちょうほう》活動をするのに有名人に成りすますのって、矛盾しているわね」

リアーヌはスクランブルエッグを食べながら溜息を吐いた。

ポケットのスマートフォンが振動した。

夏樹は耳に入れてあるブルートゥースイヤホンの通話ボタンをさりげなくタップした。

森本から電話が入ったのだ。

——グローバル6500に乗っていた六人の内、二人の身元が分かりました。暗号メールで送ります。他の四人も同じグループと思われます。

森本が早口で報告した。身元が分かって興奮し、わざわざ電話してきたのだろう。

通話を終えた夏樹はスマートフォンを出し、森本からのメールを彼が作成したアプリを立ち上げて開いた。アプリを使わなければ、テキストは英数字の羅列に過ぎない。

一人はイゴール・ベレツキという名で、客席の後ろに隠れていた男である。もう一人はパイロットでセルゲイ・イオノフという男であるが、驚いたことに二人ともＦＳＢの職員であった。

「ＦＳＢ？」

夏樹は思わず呟《つぶや》いた。パリでナタリーを拉致《らち》したのが、ＣＩＳ（独立国家共同体）加盟国でない海外を担当するＳＶＲ（ロシア対外情報庁）でなかったことに単純に驚いている。ＦＳＢがＣＩＳ加盟国以外で活動することは滅多にないからだ。森本も奇異に感じて電話してきたのだろう。

「どうしたの？」

リアーヌが首を傾げている。

「なんでもない。自分の顔に慣れたら、サングラスを掛けようか」

夏樹はポケットからサングラスとパスポートを取り出しテーブルに載せた。顔を晒《さら》すのは彼女の訓練のためだったが、敵を誘《おび》き寄せることになるからだ。

「これっ。私の？」

リアーヌがパスポートの中を見て驚いている。ナタリーのパスポートで、二時間ほど前に彼女の自宅に忍び込み、パスポートとサングラスとドレスなどを失敬してきた。家の中は荒らされており、何者かが金品には目もくれずに探し回ったようだ。目的は例の

USBメモリだったのだろう。

「彼女のだ。持っていた方がいい」

夏樹も自分のサングラスを掛けた。変装していてもなるべく人前では顔は晒したくないのだ。

「分かった」

リアーヌは、サングラスを掛けて食事を続けた。

3

午前九時二十分。パリ13区。

夏樹はカワサキ・ニンジャ400でセーヌ川を渡り、プラス・ディタリーのラウンドアバウトを抜けてショワジー通りに入った。このあたりはパリ最大のチャイナタウンである。

リアーヌは銃も扱える諜報員なのでナタリーのように心配する必要はないが、ベランジェ通りのアパルトマンの屋根裏部屋から出ないように言ってある。あの部屋はセキュリティが厳重で、外部からの侵入はドアを爆破しない限りできない。また、屋根裏部屋は、鋼鉄製のハッチで閉じることができる。最悪の場合も想定し、彼女に屋根伝いに脱出する方法まで教えてきた。

ベルリンへは夕方の便で行き、ナタリーはシュトライヒと午後七時半に会うことになっている。現地には午後七時までに着けば大丈夫だろう。念のためにシャルル・ド・ゴール空港十五時二十分発と十七時五十五分発のエールフランスの二便を予約していた。それまでに最初に襲ってきた中国の工作員のことを調べるつもりだ。

ショワジー通りを五百メートルほど進んで、トルビアック通りとの交差点を過ぎたところでバイクを停めた。ヘルメットを小脇に挟んで周囲を見回し、〝上海菜飯《シャンハイさいはん》〟という中華レストランの通用口に入る。店は十一時開店で、スプレイペイントで落書きされたシャッターは閉まっていた。

段ボール箱が壁際に積み上げられた薄暗い通路を進み、突き当たりにある鉄製のドア横のインターホンのボタンを押した。

――あなた、誰？

中国語で問われた。

「FZ北京保険の者だ」

夏樹はいつものように中国語で返した。総参謀部・第二部第三処の諜報員だという合言葉である。

世界各地の大都市に中国の諜報員や工作員が、一般人に紛れて生活していることは今や常識だ。その中でも本国から来た諜報員の支援を目的とした〝安全的家〟を数代に渡って運営している中国人がいる。彼らの業務は、本国から来た諜報員や工作員に安全な隠れ家を提供し、情報や武器弾薬を提供することだ。〝上海菜飯〟は、フランスに数ある〝安全的家〟の一つである。

――念のためにIDコードをお願いします。

相手はインターホンのビデオカメラで夏樹を見ている。ここには三回ほど来ているが、その度に違う特殊メイクをしているので確認するのは当然だろう。出掛けに口髭《くちひげ》とホクロを付けてきた。特殊メイクをしているとはいえ、〝安全的家〟に来れば監視カメラの映像が残るため素顔から遠いイメージにするのだ。

「634973１」

夏樹は即答した。彼らはIDコードだけでなく、夏樹の声紋でも確認する。

――紅龍先生。確認しました。

ドアロックが解除されたので中に入ると、身長差がある二人の男が立っていた。二人とも右手を背中に回している。銃を隠し持っているのだ。

「江《こう》に李《り》。銃を仕舞え」

夏樹は眉《まゆ》を吊《つ》り上げた。

「紅龍先生。最近は物騒なのでお許しください」

背の高い江が、頭を下げた。

「どうぞ」

身長が一七〇センチほどの李が、右手を上げて彼らの背後にある階段を示した。

「パリが物騒なのは今に始まったことじゃないだろう」

夏樹は鼻先で笑った。

「昨夜、６１６７２部隊の二人の工作員が、車の事故で亡くなりました。事故前に銃撃戦があったそうですよ」

江が声を潜めて答えた。梁羽からも聞いていたが、６１６７２部隊とは、第三部第十一局のことである。

「中国の諜報員がパリ市内で銃撃戦とは、穏やかじゃないな。敵は何者だ？」

夏樹は眉を顰めて尋ねた。

「フランスの情報部と言われています」

江は首を傾げながらも答えた。

「フランスの情報部と銃撃戦だと？　地道に活動している我々の身にもなって欲しい。まったく迷惑な話だ」

夏樹はぼやきながら階段を上り、右手のドアをノックした。

「紅龍先生。お久しぶりです」

若い女性がドアを開けて笑った。この〝安全的家〟の責任者である張欣怡《ちょうきんい》である。彼女は数年前に親が亡くなったために若くして、〝安全的家〟を継ぐことになった。まだ二十七歳だがよく気がつく女性で、頭もいい。ソルボンヌ大学に入学していたが、本国の命令で中退して北京大学に入学し、三年で卒業した。並行して工作員としての教育を受けたそうだ。本人から聞いたわけではない。夏樹はフランスを拠点にするにあたり、〝安全的家〟の関係者の身辺調査を徹底して行ったのだ。

「江に聞いたが、61672部隊の工作員が、車の事故で死亡したそうだな。私は、今朝ロンドンから入ったばかりだ。詳しく教えてくれないか？」

夏樹はソファーに座ると傍にヘルメットを置き、フランス語で尋ねた。張欣怡はフランス生まれのため、中国語が得意でないことを知っているのだ。

「技術部のエージェントが、誰を相手に騒動を起こしたか情報は入ってきません。ただ、他のセーフハウスからの情報では、死亡した彼らが所属していたチームは海外の暗号文を手に入れることが仕事だったそうです。ひょっとすると、とてつもなく重要な暗号文を狙っていた可能性がありますね」

張欣怡はソファーの対面にある椅子に腰を下ろし、腕組みをした。パリだけで〝安全的家〟は、六箇所ある。それぞれの管轄は違うが、海外で活動するために横の繫《つな》がりがあると聞いた。ここに来た理由は、彼らの情報網を使うためである。

「二人死亡したらしいが、その他にも怪我人とかはいなかったのか？」

少なくともモンパルナス・タワーの近くで倒した二人は、怪我はさせたが殺してはいない。

「死んだ二人以外に、大怪我をした工作員が二人います。サン・ピエトロ病院に入院しているそうです。他の〝安全的家〟のオーナーがその病院を手配したんです」

「四人も死傷者を出すとは、今頃、ＤＧＳＩが動いているんじゃないのか」

夏樹は不機嫌な顔で首を左右に振った。

「病院は中国資本が関わっているので、心配ありません。ところで、今日はどういったご用件でしょうか？」

張欣怡は上目遣いで尋ねた。夏樹がなかなか本題に入らないので訝《いぶか》っているのだろう。

「銃が欲しい。丸腰で働きたくないからね」

夏樹は苦笑してみせた。情報を得るために来たのだが、銃がいるのも事実である。昨日、使った銃は分解した上で銃身は破壊して捨てた。基本的に一度使った銃は犯罪の証拠になるため破棄している。予備の銃はまだあるが、その都度どこかで補充しているのだ。

「前回のような小型の銃でよろしいでしょうか？」

張欣怡は立ち上がって尋ねた。

「あくまで護身用だからね」

夏樹は肩を竦《すく》めた。

張欣怡は壁際のスチールロッカーを開けて、小さな段ボール箱を二つ持ってきた。一つはグロック26で、もう一つはローバーＲ９である。グロック26は使い慣れているが、世界最小、最軽量と言われているローバーＲ９は使ったことがない。

「やはり、グロック26にしておく、慣れた銃の方がいい。それにお守りだから高価な銃は必要ない」

夏樹は迷うこともなくグロック26を手にした。

「そうおっしゃると思っていました」

張欣怡は、ロッカーから樹脂製ケースと銃弾のパッケージを持ってきた。

夏樹は無言でケースに収められているグロック26を手に取って確かめた。安全的家で提供されるのは未使用の銃で、製造ナンバーは削り取られているのだ。

「今日は、バイクでいらしたんですね」

張欣怡は別のロッカーから、小型のバックパックを出し、樹脂製ケースと銃弾のパッケージを入れた。

「ありがとう」

夏樹はヘルメットを手に立ち上がり、バックパックを受け取った。

4

午前十時三十分。パリ13区。

プジョー508に乗った夏樹はオステルリッツ橋を通ってセーヌ川を渡り、オピタル通りから左折してゲートがある検問所の前で停まった。

サン・ルイ・ド・ラ・サルペトリエール教会を中心に看護学校や様々な病院が集まっ

ている医療地区で、このエリアに入るどの道にも検問所が設けられている。

夏樹はフランス人医師のオリビエ・リーのIDを警備員に見せてゲートを抜け、エリアの南側にあるサン・ピエトロ病院の駐車場に車を停めた。一時間前とは違ってアジア系の中年の顔になっている。ちなみに医師のIDは、森本に頼んで医師協会のデータベースにハッキングして他人のIDを拝借した。

安全的家を出た夏樹は、一旦《いったん》ベランジェ通りに面したアパルトマンに戻り、スペイン系からアジア系に特殊メイクを変えている。

夏樹は昨夜モンパルナス・タワーの近くで倒した二人の顔写真を森本に送ったが、結果が得られないため梁羽の部下で栄珀《えいはく》というIT専門家に送った。栄珀は反体制派の同志用のアプリを開発するなど、梁羽にとってはなくてはならない懐刀のような存在である。だが、彼は中国在住のため暗号化された情報でもなるべく送らないようにしていた。どこで当局に情報が漏れるか分からないからである。

栄珀によれば、夏樹が倒したのは61672部隊のパリ支局所属の工作員である王国《おうこく》勝《しょう》と容博《ようはく》だったらしい。車で死亡した二人は同じ支局の工作員である。名前はすぐに分かったが、彼らが命じられた任務までは摑《つか》めなかったそうだ。彼らに直接尋問するために、夏樹は61672部隊のベルギー支局長である孔勤《こうきん》という人物に扮装《ふんそう》してきた。

栄珀から送られてきた孔勤の一年前の顔写真は不鮮明だったが、なるべく似せてきたつもりである。ちなみに孔勤は、中国に戻っているので遭遇する危険性はない。また、孔勤は61672部隊において身分が高いため利用価値はあると判断したのだ。

夏樹は車から降りると持参した白衣を羽織り、オリビエ・リーのIDカードを首からぶら下げて病院の通用口のセキュリティをパスした。

サン・ピエトロ病院は、建物がH字形で正面玄関がある中央棟に診察室や手術室などがあり、一般病棟は北側にある。

夏樹は一階のカルテ室に忍び込み、二人のカルテを抜き出した。王国勝は頭蓋骨《ずがいこつ》陥没、容博は脳震盪《しんとう》だそうだ。カルテを見る限り、容博は二、三日で退院できそうだが、王国勝は昨夜脳の緊急手術を受けているので二週間の入院は必要らしい。二人とも一般病棟の五階の五一二号室に入れられている。

夏樹はカルテ室の壁に掛けてあるバインダーにカルテを挟んで部屋を出た。エレベーターで五階まで上がり、廊下の奥へと進む。

正面からマスクを掛けた女医がこちらに向かって歩いてくる。街中ではマスクをしていない市民の方が多いが、病院ではマスク着用は義務付けられていた。夏樹も顔を隠すのに丁度いい少々大きめのマスクをしている。

女医は二人の車椅子の患者を伴っている。どちらの患者も手術帽とマスクをして俯《うつむ》いているため、顔は分からない。屈強な看護師が車椅子を押している。

夏樹は車椅子の患者の横でわざとカルテを落とし、慌てて拾い上げる振りをして女医らをやり過ごした。

立ち上がった夏樹は、廊下を走って五一二号室のドアを開ける。

「……」

眉《まゆ》をピクリと上げた夏樹は、引き返した。病室は空っぽなのだ。すれ違った二人の車椅子の患者が容博と王国勝なのだろう。だが、容博はともかく、王国勝は絶対安静のはずだ。二人は拉致《らち》されたに違いない。

エレベーターホールまで駆け戻ると、左端のエレベーターが動き出した。階下に向かっている。

夏樹は階段を一階まで駆け下りた。

階段室から出ようとすると、鍵《かぎ》がかけられないはずのドアが開かない。ドアの向こうに何かが置いてあるのだ。

夏樹はドアを肩で力一杯押した。嫌な軋《きし》み音を立ててドアは少し開く。少し下がって体当たりするとドアが完全に開き、スチール棚が廊下に倒れた。看護師に扮《ふん》した連中がドアの前に置いたのだろう。

廊下の左右を見た夏樹は、玄関に向かって走った。玄関前のロータリーに停められたベンツの大型バンであるVクラスの後部ドアが閉じられ、先ほど見た看護師が助手席に乗り込むところである。

夏樹が玄関ドアを開けたところで、ベンツのVクラスは走り出した。助手席の窓から左手が覗《のぞ》き、中指が立てられた。

「ふん」

苦笑した夏樹は、スマートフォンを出して追跡アプリを立ち上げた。夏樹の現在位置を示す青のシグナルから、赤いシグナルが急速に遠ざかって行く。

夏樹は一般病棟の五階で彼らとすれ違う際、わざとカルテを落として腰を屈《かが》めた拍子に右手に隠し持っていたGPS発信機を指で弾《はじ》いて車椅子の患者のポケットに投げ込んでいる。廊下で女医を見た瞬間、直感で怪しいと思ったので、いつも携帯しているGPS発信機を掌《てのひら》に隠し持ったのだ。念のために五一二号室を確認したのは、GPS発信機でいつでも追えると思ったからである。

また、二人の中国人工作員を拉致する連中に興味があった。彼らを泳がして正体を摑むべきだと思ったのだ。だが、最悪でも十七時五十五分発の便に乗れるように行動しなければならない。

夏樹は駐車場に置いてある自分の車に向かって走った。

5

午前十一時五分。パリ19区。

夏樹は環状道路を下りてマナン通りに入ると、駐車帯にプジョー508を停めた。

左手はパリで五番目に大きな緑地であるビュット＝ショーモン公園の柵《さく》が続いている。

スマートフォンで追跡アプリのGPS発信機の位置を確認すると、十数メートル先の建物の中を示している。建物の前の駐車帯にベンツのVクラスが停めてあった。二人の中国人工作員が、連れてこられたのは間違いないだろう。

拉致した連中の所属は分からないが、中国以外の諜報《ちようほう》機関のアジトだと思っている。女医も看護師も白人だったからだ。中国人の工作員から何か情報を得ようとしているのだろう。また、諜報機関のアジトだとすれば、監視カメラや人感センサーが仕掛けてあるはずだ。迂闊《うかつ》には近寄れない。

夏樹はシートを倒して後部座席に移動すると、助手席のシートの後ろのカバーを剝《は》がした。シートの中にあった折り畳みのテーブルを引き出すと、特殊メイクの小道具が出てくる仕組みになっている。

病院の廊下で女医とは顔を合わせているので、同じ顔では気付かれてしまう。印象を変えるため、白髪交じりの金髪のカツラを装着し、口髭《くちひげ》とブルーのコンタクトレンズを付けた。ネクタイを外し、後部座席のシートを持ち上げ、カーキー色のダウンジャケットを着ると、ヒップホルスターにグロック26を差し込んだ。

「建物の状況が分かったか？」

左耳のブルートゥースイヤホンをタップし、森本に尋ねた。追跡しているのでサポートを頼んである。彼も追跡アプリを見ているので、建物などの情報は調べているはずだ。

――六階建ての建物は、アパルトマンです。各フロアに二部屋と贅沢《ぜいたく》な造りになっています。五階までの住人の身元はしっかりしていますが、六階は二部屋とも同一人物が所有しており、オーナーはフランス人です。ただ、五年前にこの部屋を買い取る際に英国系フランス人のジョン・バンクスが関わっているようです。

「そういうことか。ありがとう」

夏樹は後部ドアから降りると、アパルトマンの玄関前に立った。ドア横に六階までの部屋別のインターホンがある。ビデオカメラは付いていないが、どこかに監視カメラが仕掛けてあるはずだ。一番上の六〇一号室のボタンを押した。

——……。

応対はないが、雑音が聞こえるのでインターホンの応答ボタンは押されたようだ。

「ジョン・バンクスの古い知人だ。責任者に会いたい」

夏樹は淡々と英語で言った。彼が三年前にＭＩ６のパリ支局長を離任する際に設けられた内輪のパーティーでデュガリに紹介されたことがある。冷たい狂犬というコールネームはヨーロッパでも意外と知られており、珍しかったのだろう。デュガリは自慢げに紹介していた。

——……。

インターホンの返答はないまま、二十秒ほどしてドアが開いた。

廊下の左右にドアが一つずつあり、エレベーターは突き当たりにある。

夏樹はエレベーターで六階に上がると、六〇一号室のドアをノックした。

「入って」

ブロンドの女性がドアを開けて、後ろに下がった。女医に扮していた女である。

夏樹は部屋に入るなり、背後から突き付けられた銃を片手で捻《ひね》って奪った。

「最近のＭＩ６は礼儀も知らないのか」

夏樹は銃からマガジンを抜き、スライドを引いて残弾も出すと、女性に投げ渡した。

背後に立っていた男は啞然《あぜん》としている。ドアの後ろに隠れていたのだ。

「どっ、どうしてＭＩ６だと……」

ブロンドの女性が両眼を見開いた。

「言ったはずだ。ジョン・バンクスの古い知人だと。彼は三年前までパリ支局長だった。本名は、マーク・ハウザー、出世して本部でデスクワークをしていると聞く。君らの名前は知らないので、本部から派遣されたのではないな。少なくとも支局の人間ではないはずだ」

夏樹は二人の顔を交互に見て言った。パリに支局を置くＣＩＡとＭＩ６、それにモサドの職員の名前と顔は調べ上げてほぼ把握している。彼らは味方にも敵にもなるからだ。

部屋は四十二平米ほどで、リビング、キッチンと二つの寝室がある。森本から間取りは聞いていた。少なくとも看護師に化けた男と、車を運転していた人物がどこかにいるはずだ。

「私は、レオナ・ヒース。彼はアンソニー・グリフォル。あなたも名前を聞かせてくれない？」

レオナは夏樹と距離を取って尋ねた。偽名の可能性が高いが、名乗ってみせたぞという顔をしている。武器を奪われたにもかかわらず、まだ優位だと思っているらしい。

「私は千の名前と顔を持つが、ハウザーは『冷たい狂犬』というコールネームで認識しているはずだ。不本意なコールネームだがな」

夏樹は冷めた表情で言った。

「『冷たい狂犬』！　そっ、そんな！　彼は死んだと聞いている。あり得ない」

レオナは掌で口を覆って首を振った。

「生憎《あいにく》と、生きている」

夏樹は肩を竦《すく》めた。

「あなたが、『冷たい狂犬』だと証明できるの？　そもそも彼は東洋人のはず」

レオナは鋭い視線で夏樹を見た。特殊メイクのせいで白人男性に見えるからだろう。

「私も含めて『冷たい狂犬』だと誰にも証明できない。だからこの世界で生き残ることができた」

夏樹はカラーコンタクトと金髪のカツラを取った。

「えっ！」

レオナは口をあんぐりと開けた。

「この顔は６１６７２部隊のベルギー支局長の孔勤だ。この特殊メイクで彼らを尋問しようと思って病院に行ったのだ」

　夏樹はポケットにカツラをねじ込んで口角を僅《わず》かに上げて笑った。

　レオナとグリフォルが同時に自分のスマートフォンを出した。ＭＩ６のサイトにログインして孔勤を調べているのだろう。どこの国の諜報機関でも幹部クラスになると、顔や名前は知られるようになるものだ。

「あなたが、孔勤本人であの二人を取り戻しにきた可能性もある」

　レオナは夏樹を睨《にら》みつけた。孔勤の顔写真を確認したようだ。

「三日前に孔勤は総本部に呼び出されて北京にいる。調べれば分かる。そもそも支局長がたった一人でＭＩ６のアジトに乗り込んでくると思うか？」

　夏樹は鼻先で笑った。

「あなたが『冷たい狂犬』だとして、中国人をわざわざ尋問するために来たのですか？」

　レオナは夏樹をじろりと見たが、言葉遣いが若干丁寧になった。

「君らが拉致《らち》した中国人の工作員は、私が病院に送り込んだ。だから、私に尋問の権利があるのだ。それに彼らの口を割らせることは、君らにはできない。そもそも、拉致した二人をどうするつもりだった？」

　夏樹は押し殺した声で言った。ここまでしてただで返すというのなら間抜けである。

「彼らは我々が狙っている物を持っているはずなの。それをあなたも狙っているということ？」

レオナはわざと曖昧《あいまい》に答えた。

「USBメモリのことを言っているなら外れだ」

詳しくは話さない。お互い、腹の探りあいだ。

「USBメモリに興味がない？　まさかとは思うけど、手に入れているの？」

レオナの目付きが鋭くなった。目的はUSBメモリということだ。

「否定も肯定もしない。USBメモリを巡って、この数時間で八人の人間が死んでいる。

迂闊なことを言って狙われたくないからな」

夏樹は低い声で笑った。

「八人！」

グリフォルが声を上げた。

「中国人工作員が二名死亡しているのは確認していますが、あなたは、関わっているのですか？」

レオナの目の瞳孔《どうこう》が開いた。その目に恐怖が芽生えたことを夏樹は知っている。冷たい狂犬と呼ばれるようになり、そのコールネームは、いつしか危険を意味するコードネームとなって各国の諜報機関に伝わったと聞く。素性が知られていないのは、出会った人間は敵味方関係なく殺されるからだという噂もあるようだ。

中国に潜入中に工作員から情報を得るために殺害も厭《いと》わずに残虐な拷問の限りを尽くしたことはある。今思えば、少年時代に両親が中国の工作員に殺害されたというトラウマが夏樹を冷酷な性格にしたのかもしれない。

だが、中国や北朝鮮から恐れられる存在になると同時に、公安調査庁内部でも荒っぽいと疎まれるようになった。結果は残してきたが居心地が悪くなったため、死を偽装して退職したのだ。夏樹の生存を知っているのは、公安調査庁の上司だった人物と僅かな同僚だけである。

「私は仕事をしているだけだ。君らはなぜUSBメモリを奪取すべきか知った上で任務に就いているのか？」

夏樹は冷酷な表情で答えた。レオナはチームのリーダーでUSBメモリを奪取すべく派遣されたはずだが、工作員を拉致するような荒技をMI6が使うとは余程のことである。

ナタリーを拉致したのがFSBの諜報員《ちょうほういん》だったことから考えても、東西の諜報員が争うような情報がUSBメモリに収められていることは間違いないだろう。

「答えられる立場にはありません」

レオナは首を横に振った。

「ハウザーと話をさせてくれ。情報を共有できるはずだ。私は忙しい。五分だけ時間をやろう」

夏樹は腕組みをして溜息《ためいき》を漏らした。レオナらは現場の職員に過ぎず、決裁権がないことは分かっているのだ。ハウザーがパリ支局長から昇進したとしたら、EUの統括部長になった可能性がある。

レオナは額を右手で押さえて考え込んでいる。

「ハウザーに『人殺しを許す慈悲』と言えば、分かるはずだ。私を敵にするのか味方にするのか決めろ」

夏樹は彼との合言葉を思い出した。

「おっ、お待ちください」

顔色を変えたレオナは、慌てて寝室に入って行った。ようやく連絡する気になったらしい。部屋に残されたグリフォルが、夏樹と反対側の壁際まで下がった。殺されるとでも思っているのだろうか。

「時間が掛かりそうだな」

呟《つぶや》いた夏樹はソファーに腰を下ろし、足を組んだ。

6

午前十一時二十分。

「時間だ」

腕時計を見た夏樹は、ソファーから立ち上がった。催促しているのではない。二人の中国人に尋問したところで、彼らも下っ端で情報を得られそうにないからだ。

「この部屋を出るのは、ヒースが顔を見せてからにしてください」

グリフォルはドアの前に立ち塞《ふさ》がった。度胸は認めるが、体が硬直している。夏樹を恐れているのだろう。

「私を止められるのか？」

夏樹は首を傾げて前に出た。

「お願いです」

グリフォルは両手を上げて後ろに下がった。夏樹の技量が分かるらしい。

「お待ちください。ミスター・ハウザーと連絡が取れました」

寝室のドアが開き、レオナが右手を上げた。

「十五秒超過だが、いいだろう」

夏樹は油断なく寝室に入った。二十平米ほどの部屋にキングサイズのベッドが二つ置かれている。ノートPCが載せられた仕事机が壁際に置いてあり、ディスプレーにハウザーが映り込んでいた。ビデオ会議モードになっているようだ。

「どうぞ。椅子にお座りください」

レオナが仕事机の椅子を引いて数歩下がった。

夏樹は無言で椅子に腰掛けた。

——驚いた。本当に孔勤に変装しているのか。合言葉を聞かなかったら、君だとは分からなかった。といっても、三年前に会った際も素顔じゃないと言われたがね。

画面のハウザーが笑った。彼は今年六十歳になるはずだ。叩《たた》き上げの諜報員で、今度会うときは、『人殺しを許す慈悲』と言うように言われていた。これは『人殺しを許す慈悲は、人殺しを育てるに等しい』というシェイクスピアの〝ロミオとジュリエット〟に出てくる台詞《せりふ》である。古典文学の愛好家らしいが、古いタイプの諜報員にはなぜか多い。

「君らが拉致した中国人を尋問しようと思ってね」

夏樹は傍に立つレオナをちらりと見た。できれば、ハウザーとだけ話したいのだ。

――彼女のことは心配ない。私のお気に入りだ。

「分かった。君らが探しているUSBメモリは、私が持っている。クライアントは言えないが、中を確認して欲しいと頼まれているのだ」

夏樹はナタリーを二度助けたことをかいつまんで説明した。

――相変わらず、君と関わると、死体が増えるようだな。まあ、それだけ、君は危険な目に遭っているということだ。だから、君はフリーのエージェントとしてやっていけるのだろう。

ハウザーは大きく頷《うなず》いた。

「私は、予定通り動くつもりだ」

夏樹はナタリーの替え玉を仕込んだことまでは説明しなかった。MI6に協力させるにしても、味方も騙《だま》しておいた方が上手《うま》くいく。

――協力させてくれないか。君に依頼しているのはフランスの機関だと思うが、我々の方が遥《はる》かに組織は大きいし、頼りになる。それに任務遂行に協力を得ては駄目だとは言われていないはずだ。

ハウザーは笑みを浮かべて言った。彼は計算高い人間だと聞いている。もっとも諜報員は先の先まで読むことが大事で、計算高い性格でなければやっていけない。

「勝手に協力するというのなら拒まない」

夏樹は表情を変えずに答えた。デュガリは未《いま》だにピラードの事件の延長線上で考えている。内部に裏切り者がいるという疑心暗鬼もあるのだろうが、簡単に考えているようだ。

夏樹にリアーヌと二人で対処するように命じたのは、USBメモリの謎が解決できなくても仕方がないと思っているからだろう。彼女は素人ではないが、足手まといになる可能性は否定できない。彼女のサポートには人手がいる。だからといってMI6に協力を要請し、イニシアチブを取られたくはないのだ。

――USBメモリに三段階認証が掛けられているのなら、我々が手に入れてもデータを引き出すことはできないだろう。だから君が行う作戦は正しいし、尊重もする。だが、そもそも君は、USBメモリに何が入っているか知らないで行動しているのじゃないか。知った上で行動すれば動きも変わるはずだ。

ハウザーは真剣な表情で尋ねた。

「内容を知っているのなら、手に入れる必要はないだろう」

夏樹は肩を竦《すく》めた。

――私はある組織の諜報員の名簿ということだけを知っているのだ。

ハウザーは鋭い眼差《まなざ》しを向けてきた。

「まさか……」

夏樹は言葉を失った。口からFSBという言葉が出掛かったが、なんとか抑えた。ロシアと中国が関係していることは分かっていた。だが、中国の諜報員の名簿というのなら、梁羽が把握しているはずだ。FSBがパリに出てきたのも変だと思っていた。おそらく、USBメモリにはFSBの全諜報員の名前が書き込まれているのだろう。

だから、彼らも必死なのだ。諜報員にとって顔と本名などが知られたら死を意味する。また、中国の61672部隊は、FSBの要請で手伝っているのか、あるいは名簿を手に入れてロシアより優位な立場に立とうとしているのかもしれない。

――そのまさかだよ。ロシアのウクライナ侵攻が始まったこともあり、USBメモリの価値が上がった。今後、USBメモリを求めて東西の諜報機関が血眼になるだろう。だが、今のところ、それを知っているのは、中露は別にして英国とドイツと米国だけだ。ただ、米国は今のところ興味を示していない。なぜなら、自国に潜入している諜報員は把握しているからだろう。我々は米国と違ってグローバルに問題を捉《とら》えている。

ハウザーもFSBの名を口にしない。MI6のビデオ会議は暗号化されていると聞くが、それでも情報漏れを気にしているのだろう。

「どうしてピアードが持っていたのだ？」

彼女は現場に出るようなことはない。他国の機密情報が入ったＵＳＢメモリを手に入れたことが解せない。

――闇で競売に掛けられていたので、ピアードが購入したらしい。ＵＳＢメモリの話は、どこの諜報《ちょうほう》機関もガセだと思っていたのだ。だが、彼女は大金を叩《はた》いて購入した。彼女は野心家だった。ＵＳＢメモリからデータを引き出して、自分の手柄にするつもりだったのだろう。ピアードが殺害されたことで、奇《く》しくも本物だと証明されたのだ。

ハウザーは口をへの字に曲げて答えた。

「分かった。協力を受け入れよう」

夏樹は目を細めて頷いた。

ベルリン

1

二月二十四日、午後五時十分、シャルル・ド・ゴール空港発のエールフランス機が、ベルリン・ブランデンブルク国際空港に着陸した。

二〇二〇年十月に九年遅れて開港したブランデンブルク国際空港は、テーゲル国際空港が翌月に閉鎖されたためベルリン唯一の旅客空港となった。ハブ空港として開発された巨大プロジェクトであるが、開港前から様々なトラブルに見舞われ、工事遅延による総工費の膨張もあり、収益の回収が危ぶまれている。

夏樹は機内に持ち込めるサイズのスーツケースを手にボーディングブリッジを渡り、到着ロビーに向かった。手ぶらでもいいのだが、乗客に紛れ込むには荷物を持つことだ。顔はスペイン系のベルナール・エンリケに戻してある。新型コロナの流行のせいでロビーは閑散としていた。

数メートル先を白いトレンチコートを着たリアーヌが、キャスター付きのスーツケースを引きながら歩いている。コートはナタリーから拝借したものだが、リアーヌはすっかり彼女に成り切っているようだ。

同じ便にレオナが三人の部下を従えて乗り込んでいた。ベルリンでは現地のＭＩ６から武器をはじめとした装備の提供や後方支援を受ける。

「こちらボニート。イロンデルどうぞ」

夏樹はさりげなく左耳のブルートゥースイヤホンをタップし、リアーヌに無線連絡をした。夏樹はコールネームで魚の名前をよく使う。ボニートはカツオのことである。イロンデルはリアーヌのコールネームで、フランス語で燕《つばめ》を意味する。

――こちらイロンデル。どうぞ。

リアーヌが左手で髪をかき上げる仕草で無線に答えた。

「あまり速く歩かないでくれ」

夏樹はリアーヌが早足なので注意した。夏樹からさらに後方にいるレオナらにとっても速すぎては困るのだ。

――了解。

リアーヌは、ポケットから出したスマートフォンを見ながらゆっくりと歩きだした。自然な演出で周囲と溶け込んでいる。

――こちらホワイトイーグル。ボニート応答願います。

入れ違いにレオナから無線連絡が入った。

「こちらボニート」

夏樹は無線の呼び出しに答えた。

——六メートル後方を歩いています。

「了解。このままホテルにチェックインする」

夏樹は無線通話を終え、リアーヌとの距離を保った。

リアーヌはターミナル1の地下二階にあるフルーガフェン駅でベルリン中央駅行きの地下鉄線に乗る。タクシーでの移動は、尾行が大変だからと地下鉄と決めていた。

振り返ることなく夏樹も地下鉄に乗り込んだ。リアーヌにはGPS発信機を予備も含めて二つ持たせてある。見失ったとしても信号で追える。また、ホテルも決めてあるので彼女が拉致《らち》されない限り、問題はない。

途中で地上に出た電車は、三十分ほどでオストクロイツ駅に到着する。ドイツではありがちな話であるが、電車の遅延で十五分ほど待たされた。もっとも、夏樹ら以外の尾行を確認するには都合がいい。今のところ、怪しげな人物は見当たらないが、レオナの三人の部下がいかついので目立って困る。

乗り換えた電車に十五分ほど乗り、ベルリン＝フリードリヒ通り駅で下車した。

フリードリヒ通りと、シュプレー川に沿ったアム・ヴァイデンダム通りとの交差点にある四つ星のメリア・ベルリンホテルに向かう。駅からは百五十メートルほどの距離で、ベルリン公演の地元のプロデューサーが予約したそうだ。

会場となるベルリン国立歌劇場もホテルからは、九百メートルほどと徒歩圏内である。

また、ナタリーがシュトライヒと会食を予定しているボルヒャルトというレストランも八百メートルほどの距離だ。

ホテルにチェックインした夏樹は、自室に入ると窓のカーテンを閉めた。狙撃《そげき》だけでなく、外部からの盗撮を防ぐためだ。盗撮盗聴器発見器を出し、部屋を調べる。小型化されたが、これもいずれはスマートフォンに取って代わられることになるだろう。

二十八平米の室内にシングルベッドが二台、窓際に小さなガラステーブルを挟んで、可愛らしい萌黄《もえぎ》色の一人がけソファーが二脚置かれていた。ベッドと反対側に長机とミニバーが組み込まれた木製の家具が設置してある。モダンでシンプルがホテルの売りらしい。

スーツケースからチタン製のスキットルを出し、ベッド前の長机の前に置いた。諜報活動は夏樹でさえストレスを覚えることが多い。スコッチウィスキーを入れたスキットルは必需品である。

ドアがノックされた。

夏樹は足音を立てずにドア横に立った。

「人を裁かないことだ」

夏樹は、トルストイの哲学書の一文を言った。

「汝《なんじ》は裁かれることはない」

ドアの向こうで男が答えた。ハウザーから合言葉として使うように言われていたのだ。

夏樹はドアを開けて、ハウザーを部屋に入れた。夏樹とビデオ会議で話した後、直接打ち合わせるべくロンドンを発《た》って先回りしていたのだ。

ハウザーにソファーを勧め、外部からの集音器による盗聴を防ぐためにスマートフォンで音楽を流して窓際のテーブルに載せた。

「世の中デジタルの世界になったのに、ハッキングという技術が諜報員を古典の世界に戻した。私のようにアナログ人間にとっては、その方が安心できるがね」

ハウザーは、嗄《しわが》れた声で笑った。合言葉で互いを確認したので、警戒はしていないようだ。

「同感だが、ハイテク技術も同時に使うことだ」

夏樹はミニバーのガラスの棚からグラスを出し、スキットルからグラスにウィスキーを注いだ。二つのグラスを窓際のテーブルに載せると、ハウザーの対面のソファーに座った。

「これは、サントリーの響《ひびき》じゃないか」

ハウザーは一口飲んで唸《うな》るように言った。ハウザーとベルリンで打ち合わせをすることが分かっていたので、響を入れてきた。日本のウィスキーは欧米で根強い人気がある。

「十七年ものだ」

夏樹はグラスを軽く揺らし、香りを楽しみながら口にした。

「二週間ほど前にルビャンカで、FSBのIT担当者であるアンナ・イワノワが、FS

Bの六百二十人の諜報員《ちょうほう》のリストをサーバーから盗み出したそうだ。経歴、住所、電話番号、Eメールアドレス、旅券ナンバーまで記載されていると聞いている。それをUSBメモリにダウンロードして持ち出したのだ」

ハウザーはビデオ会議では口に出さなかった詳細を話しはじめた。

「どこで、三段階認証にしたのだ？」

アンナがデータを盗み出す際に、わざわざ面倒な設定をするとは思えない。だが、USBメモリにコピーするだけなら、持ち出してから複製がいくらでもできる。ブラックマーケットにいくつも出品できたはずだ。

「FSBでは最高機密のデータをコピーするには、自動的に暗証番号でロックがかけられ、二人分の網膜認証をデータベースから選び出さないと実行できないと聞く。アンナは手順に従って堂々と盗み出したようだ。だが、解除できる自信があったのだろう」

さすがにMI6の幹部だけに、ハウザーは高度な機密情報を知っている。ビデオ会議で夏樹からの情報を初めて聞くような素振りを見せたのは、油断させるためだったらしい。

「六百二十人の諜報員の情報が漏れれば、FSB自体が風前の灯《ともしび》ということだな。だが、解除できない状態のUSBメモリが、ブラックマーケットに出品されたのは意味不明だ。それを購入したピラードの愚かさにも驚かされるがな」

夏樹は首を傾げながらウィスキーを口にした。

「データの窃盗にＦＳＢの工作員だったイワン・ジャリノフが関わっているという話もある。出品したのはジャリノフかもしれない。彼はＩＴ技術者でないため、三段階認証のことを知らなかったのだろう。だが、アンナ・イワノワとともに、行方不明になっているので確かめようがないのだ」

ハウザーは声のトーンを抑えて言った。それだけ極秘情報ということだろう。

「ＦＳＢを無力化できれば、プーチンは今よりもさらにまともな情報を得られなくなる。リストを公表することで、ロシア軍のウクライナ侵攻に影響を与えることもできるかもしれないな」

夏樹は小さく頷《うなず》いた。ＦＳＢでは、プーチンの顔色を見ながら報告していると聞く。

「私は、ＦＳＢのリストを手に入れる今回の作戦を〝the slave to memory（記憶の奴隷）〟と名付けた」

ハウザーは得意げに言った。ハムレットからの引用のようだ。ここまで古典を徹底して使うのなら感心するほかない。

諜報員のリストという「記録」を公表することで、ＦＳＢの諜報員が「奴隷」になるという洒落《しゃれ》だろう。あるいは、「奴隷」を忌まわしいと訳せば、「目的は、忌まわしい記憶を突き止めること」と解釈できる。シェイクスピアは読み手によって解釈も変わるのだ。

「Purpose is but the slave to memory」

夏樹はハムレットの原文の一節を口ずさんだ。

2

午後七時十分。

ベルベットのジャケットを着た夏樹は、アウディA4の運転席に座っている。車はメリア・ベルリンホテルの北側の駐車場に停めていた。髪はシルバー、瞳《ひとみ》はグリーン、口髭《くちひげ》と顎鬚《あごひげ》も付けて目の下に皺《しわ》を入れる特殊メイクもしている。

アウディはMI6のベルリン支局に用意させた。キーはホテルのフロント係から受け取っているので、職員とは接触していない。夏樹はMI6の特別諜報員ということになっているらしい。

英国は映画の主人公のような殺しのライセンスを持つ諜報員の存在を否定している。だが、特殊な軍事訓練を受けた諜報員がいることは事実だ。極秘任務に携わる部門は、一般職員とも接触しない。レオナらも特別諜報員で、中国人の工作員を拉致《らち》するような荒技を平気でするようだ。

孔勤に成り済ました夏樹は、パリの病院から拉致した二人の中国人工作員を尋問している。二人とも、ナタリーを拉致したのは中国国家の機密情報が入れられたUSBメモリを奪回するためと証言した。彼らも嘘の情報で動いていたようだ。二人はレオナのチームが病院に送り届けている。マスクで顔を隠していたので、問題はないだろう。また、夏樹は二人に病院から連れ去られたことは口外しないように命じた。

――こちらイロンデル。今、タクシーに乗ったわ。

リアーヌから連絡が入った。ホテル前から一人でタクシーに乗ることになっていた。どこで見られているか分からないので、彼女とは接触しないようにしているのだ。

「了解」

夏樹は答えると、シートベルトを装着した。

クリーム色のベンツのタクシーが、フリードリヒ通りから右折してきた。後部座席に乗っているリアーヌが見える。

夏樹は、車を発進させてタクシーと十メートルほどの間隔を開けた。

タクシーは次の角を曲がり、フランク通りに入る。ドイツ料理店であるボルヒャルトに向かっているのだ。歩いても十分とかからない距離であるが、徒歩は危険なためにタクシーで移動している。

現地のサブプロデューサーであるハンス・シュトライヒという人物とナタリーは会食することになっていた。シュトライヒの居場所が分かれば拉致することもできたが、関係者にその名前はなかった。そのため、予定通り会食は行われる。夏樹は護衛を兼ねて車で移動するのだ。

「こちらボニート。ホワイトイーグル、応答せよ」

夏樹は別の無線機を使ってレオナを呼び出した。

――ホワイトイーグル。どうぞ。

レオナが応答した。

「予定通り動いている」

――了解です。こちらは問題なし。

レオナは低いトーンで答えた。彼女の三人の部下が店の内外で見張っている。

フランク通りはドロテーエン通りとの交差点から先はシャルロッテン通りになる。2ブロック先で、中央分離帯が緑地になっているウンター・デン・リンデン通りを渡る。さらに2ブロック先のフランツェージッシェ通りで、タクシーは右折して煉瓦《れんが》造りの古い建物の前で停まった。セレブにも人気があるというボルヒャルトである。リアーヌは、タクシーを降りると店に入って行った。

夏樹はボルヒャルトの前を通り、数メートル過ぎたところで車を停めた。午後七時十七分になっている。

車を降りた夏樹は、ネクタイの歪《ゆが》みを直しながら店に入った。

「ご予約ですか？」

出入口に立っている年配のウェイターが声を掛けてきた。天井が高く、格式が高い店である。白いクロスが掛けられたテーブルがずらりと並んでいた。ディナータイムだが、テーブルは三分の一が空席だ。ディナータイムは満席で予約も取りづらいと聞いたことがある。新型コロナのせいだろう。

「妻が先に来ている。モーガンだ」

夏樹は店内を見回しながらドイツ語で尋ねた。

「奥様は、右手奥の壁際の席です。ただいまご案内します」

ウェイターは他のウェイターを呼ぶために右手を上げた。

「大丈夫。妻が私を覚えていればいいがな」

夏樹は軽口を言うと、中央の通路を通り、壁際の席に座った。向かいの席には髪をアップにし、ノーカラーのジャケットを着たレオナが座っている。

ビジネススーツのようだが、MI6で支給されているケブラー繊維で織られたジャケットだろう。デザイン性がないので、彼女はVネックのブラウスを着て胸元を開けてパールのネックレスをしている。防弾効果は、9ミリ弾までだ。ただし、実際に撃たれたら銃弾は通さなくても衝撃で気絶してしまうだろう。

夏樹のベルベットのジャケットも裏生地はケブラー繊維で出来ており、胸と背中にセラミックプレートを入れて強化してある。

「……注文はしておいたわよ」

レオナは夏樹の顔を見て目を丸くしたが、すぐに冷めた笑顔を見せた。アイルランド系の美人である。だが、それを利用することを嫌っているのは、控えめな化粧で分かる。特殊任務を遂行する上で、目立つことを避ける職業柄と言えよう。

彼女は二十分前に店に入っている。すでに赤ワインが注文されており、二つのグラスにワインが満たされていた。

「ありがとう」

夏樹はさりげなく斜め前方のテーブル席を見て笑みを浮かべた。リアーヌは一人で席に座っている。まだ、ハンス・シュトライヒは来ていないようだ。

「ひょっとして、ナタリーもあなたの顔を知らないの？」

レオナは夏樹の顔をまじまじと見て尋ねた。

「知っていたら、君と一緒にいるのは変だろう」

夏樹はワインを一口飲んで答えた。濃厚で上品な味わいのマルターディンガーである。南ドイツ、バーデン産のワインだ。

「お待たせしました」

ウェイターはテーブルにウインナーシュニッツェルとローストビーフの皿を置いた。ウインナーシュニッツェルは仔牛《こうし》のカツレツで、マッシュポテトの上に載せられたカツレツは皿からはみ出している。

「どうぞ」

レオナはローストビーフの皿を取り、夏樹の前にカツレツの皿を押し出した。

「カツレツは嫌いじゃないがね」

夏樹は目の前のカツレツをナイフで切り分けて食べた。日本のカツとは違い、パン粉を使わないフライである。味は悪くないがサイズが大陸的だ。

「ローストビーフは美味《おい》しいわよ」

レオナは一人で頷いている。夏樹が無表情で食べているので、カツレツは不味《まず》いと勘違いしたのだろう。

「遅いな」

夏樹は腕時計を見て首を傾げた。午後七時四十分になっている。

「いえ、来たわよ」

レオナはワインを飲み干して言った。

リアーヌの向かいの席にドイツ系の中年の男が立ったのだ。顔は四十代後半に見えるが、頭頂部が禿《は》げているので五十代かもしれない。

――こんばんは。ヘル・ハンス・シュトライヒですね?

リアーヌの声が、夏樹のブルートゥースイヤホンから聞こえてきた。彼女は盗聴マイクを付けており、テーブルでの会話がレオナと彼女の部下にも聞こえるようにしたのだ。リアーヌはドイツ語も堪能《たんのう》だそうだ。「ヘル」は男性の敬称で、女性の場合は「フラウ」になる。

――フラウ・ナタリーですね。よろしく。

男は戸惑い気味にダウンジャケットを脱いで椅子の背もたれに掛けると、腰を下ろした。ドレスコードをうるさく言うような店ではないが、男はセーターを着ている。

首を捻《ひね》った夏樹は、無言でレオナのグラスにワインを注いだ。

――この店はウィンナーシュニッツェルがお勧めです。魚介類は食べない方がいいですよ。量が少なくて高いですから。

男はぎこちない笑みを浮かべると、早口で話した。なぜか動揺しているらしい。男はウェイターを呼ぶと、メニューも見ないで注文した。

「少なくとも、サブプロデューサーには見えないわね」

レオナも首を捻っている。もともと、サブプロデューサーにハンス・シュトライヒという人間がいないことは分かっていた。だからといって、男は諜報《ちょうほう》員というわけでもなさそうだ。

――明日のリハーサルですが、どうなっていますか？

リアーヌが尋ねた。男の顔は見えるが、リアーヌは背中を向けているので彼女の表情は見えない。だが、彼女もおかしいと思っているようだ。

――そんなことは忘れて、食事を楽しみましょう。

男はハンカチを出し、額の汗を拭《ぬぐ》った。

――あなたは、本当にヘル・シュトライヒですか？

リアーヌが執拗《しつよう》に迫った。

――わっ、私は……。

男がしどろもどろになった。

——どういうことか、説明してください。

「落ち着け。男を追い詰めてはいけない。君はオペラ歌手なんだぞ」

夏樹は小声でリアーヌに注意した。もはや、男がシュトライヒと名乗る男でないことも分かった。おそらく金で雇われた素人だろう。偽者を寄越してリアーヌの反応を見ることで、彼女がナタリーかどうか確かめているのかもしれない。とすれば、相手はリアーヌだけでなく周囲の客に仲間がいないか監視しているはずだ。ここで騒げば、逃げられる可能性もある。

——ごめんなさい。公演前はいつも緊張のあまり、怒りっぽいんです。プロデューサーには内緒にしてくださいね。

リアーヌは口元を押さえている。笑って誤魔化したようだ。

——いっ、いいえ。私はただ食事を楽しめればいいんですよ。

男は苦笑すると、汗を拭《ふ》いたハンカチをポケットに仕舞った。自分がシュトライヒと名乗る男の代理だと言っているようなものだ。

「ワインのお代わりを頼もうか」

夏樹はレオナに目配せすると、ボーイを呼んだ。

3

午後八時五十五分。

食事を終えたシュトライヒと名乗る男の代理人は、会計を済ませている。

地元の人間らしく、食事中はベルリンの観光スポットの話ばかりしていた。諜報関係の人間ではなく、話しぶりからして害がなさそうな男である。

夏樹はリアーヌらが食事を終えた時点で勘定を済ませ、レオナと店を出てアウディA4に乗り込んでいた。彼らと一緒に店を出れば怪しまれるからだ。店内では、レオナの二人の部下がリアーヌらの見張りを継続している。

「代理人は、食事だけ頼まれたようね」

助手席に座るレオナは、バックミラーで店先を窺《うかが》いながら呟《つぶや》いた。リアーヌと一緒に食事をしている男の写真を密《ひそ》かに撮り、MI6で顔認証にかけて身元を割り出した。トーマス・ヘイネスというベルリン在住の配管業者らしい。犯罪歴は駐車違反だけで特に怪しい点は見受けられないが、誰に依頼されたのか取り調べる必要はあるだろう。

「そのようだな」

夏樹はブルートゥースイヤホンから聞こえるリアーヌらの会話を聴きながら店の周囲を探っている。いまのところ怪しい人物も車両も発見できていない。店内に隠しカメラを設置して外部から監視しているとしたら、近くに監視するための車両があると思ったのだが見当違いだったようだ。

リアーヌとヘイネスが店から出てきた。彼女はナタリーの白いトレンチコートを着ている。ナタリーと体形が似てスタイルがいいためスリムなコートがよく似合う。

——実は私はあなたをこの後、ニュルンベルガー通りとタウエンチーン通りとの交差点まで案内するように言われています。そこで、依頼された封筒を赤いコートを着た女性にお渡しください。

ヘイネスは笑顔で言った。やはり、彼がUSBメモリを受け取るわけではないようだ。ちなみに交差点付近がベルリンで一番の繁華街である。

——赤いコートを着た女性？　なんでわざわざ繁華街に行くの？

リアーヌは高い声を上げた。わざと驚いた振りをしているのだろう。本人が現れなかったことで、様々な場面を想定しているはずだからだ。リスクマネージメントこそ諜報員の技量が試される。

——すみません。私も詳しくは知らないのです。それから、あなたが私に渡す予定だった封筒を、この袋に入れて手に提げるように言われました。赤いコートを着た女性に分かるようにするための目印だそうです。

ヘイネスはポケットから赤い色の手提げ袋を出してリアーヌに渡すと、通りに出てタクシーを停めた。

——お互い赤が目印ね。

頷《うなず》いたリアーヌはポーチから例の封筒を出すと、手提げ袋に入れて右手に持った。

——お乗りください。

ヘイネスはタクシーのドアを開けて言った。

——ありがとう。

リアーヌが先にタクシーに乗ると、ヘイネスもタクシーに乗り込んだ。

二人の乗ったタクシーが、アウディA4の横を通り過ぎる。

夏樹はゆっくりと車を発進させた。距離をとっても彼女が身につけているGPS発信機で、位置が分かる。ダッシュボードのスタンドに差し込んであるスマートフォンの追跡アプリのシグナルも、タクシーと同じ動きをしていた。予備の発信機は彼女のポーチに入れてある。リアーヌは縫い目を解《ほど》いて内側に入れて発見されないように工夫した。

レオナのチームとは、お互いスマートフォンの位置情報を共有することにしている。レオナからチームとして活動するためと言われたが、夏樹の行動を監視していたいのだろう。

タクシーはフランツェージッシェ通りを西に向かう。ニュルンベルガー通りとの交差点までは十一、二分の距離だ。

タクシーが突然スピードを早めた。夏樹もアクセルを踏む。

後部ドアが開き、人が路上に転がった。白いトレンチコートを着ている。

「何！」

夏樹はハンドルを切って路上を転がるリアーヌを避《よ》け、急ブレーキを掛けて止まった。車を飛び出した夏樹は、ぐったりしているリアーヌを抱き抱えて歩道に飛び込んだ。寸前のところで走ってきた後続車から逃れた。

「大丈夫⁉」

遅れてレオナが駆け寄ってきた。

「意識がない。救急車を呼んでくれ。頼んだぞ」

夏樹はアウディに飛び乗ると、タクシーを追った。スマートフォンの追跡アプリの赤い点が二つに分かれた。一つはリアーヌが身につけているGPS発信機だろう。もう一つはバッグの物だ。封筒を入れた手提げ袋だけでなく、バッグも奪われたらしい。

乗客が車から落とされたのに止まらないのは、タクシーの運転手も仲間なのか、脅されているのかのどちらかだろう。MI6は、顔認証でヘイネスは配管業者だと身元を割り出したが、それも怪しくなった。ヘイネスという身分を作り出したのか、配管業者の身分を乗っ取ったのかもしれない。繁華街で待ち合わせする合図をリアーヌに言ったのは、彼女だけでなく密かに監視していた夏樹らも騙《だま》すためだったに違いない。

タクシーはエーベルト通りとの交差点を右折した。繁華街とは反対方向だ。

夏樹は距離を縮めてタクシーの後ろに付け、グロックを抜くと左手に持ち替えた。ウィンドウを開けると、タクシーの後輪を撃ち抜く。

タクシーは蛇行し、歩道に乗り上げると街路樹に激突して止まった。

夏樹は車を止めてグロックを構え、タクシーに近付いた。

背後でブレーキ音がする。

機関銃を手にした数人の男たちが、ベンツのVクラスから降りてくるなり発砲してきた。サポート部隊がいたらしい。

「くそっ！」

舌打ちをした夏樹はタクシーの陰に転がり込む。

回り込んできた男を銃撃した。タクシーの反対側ではまだ二人の男が銃撃している。近付いてきた男の足を車の下から撃ち抜き、倒れた男の頭部に銃弾を撃ち込んだ。

ベンツのバンが急発進して立ち去った。

夏樹はタクシーの後部ドアを開けた。ヘイネスは銃撃戦のどさくさに紛れて脱出し、ベンツのバンに乗り込んだ。タクシーの運転手は後頭部を撃たれて死亡している。後部座席の下にリアーヌのスマートフォンが落ちていた。彼女のスマートフォンをポケットに入れると、ドアを閉めて自分の指紋を拭き取った。

タクシーの横にフォルクスワーゲンのバンであるT6が停車し、助手席からグリフォルが降りてきた。夏樹のスマートフォンの位置情報で追跡してきたのだろう。

「怪我は？」

グリフォルがタクシーを覗《のぞ》き込んで尋ねた。

「大丈夫だ。まだ、追える。付いてこい」

夏樹は自分の車に戻った。

4

ベルリンのシンボルというべきブランデンブルク門は、かつて十四箇所あったプロイセン王国のベルリン税関壁の一つである。

第二次世界大戦後、ドイツはポツダム会談後、米英仏ソの四ヶ国に分割占領された。門を境として文字通り、ドイツは東西に分断されて冷戦の幕開けとなったのだ。

一九八九年にベルリンの壁が崩壊し、門の周辺は再開発されて大使館や様々な商業施設が造られた。また、二〇〇五年に門の南側に〝虐殺されたヨーロッパのユダヤ人のための記念碑〟が開設された。一万九千七十三平方メートルという広大な敷地にブロック状のコンクリート製石碑が二千七百十一基設置され、地下にはホロコーストに関する情報センターがある。夏樹が銃弾で停めたタクシーが激突したのは、この記念碑の西側の街路樹だ。


午後九時三十分。

夏樹は、ブランデンブルク門の東側にあるパリ広場近くの英国大使館にいる。

ヘイネスを連れ去ったベンツVクラスは、ブランデンブルク門手前のベーレン通りへと右折し、ヴィルヘルム通りを経てパリ広場から東に延びるウンター・デン・リンデン通り沿いのロシア大使館に入った。そのため、夏樹らはそれ以上追うことができなかったのだ。

英国大使館にはハウザーの要請を受けたため渋々やってきた。だが、エーベルト通りの銃撃戦で周辺は多数のパトカーが出動し、各所で検問がされているため都合もよかった。

六階の小広間に二十分ほど前に、夏樹は通されている。四十平米ほどで、ソファーやテーブルが置かれてくつろげる空間になっていた。

夏樹は職員が入れた紅茶を飲みながら、窓の外を見下ろしている。英国大使館前のヴィルヘルム通りの1ブロックは、南北の出入口が頑丈な車止めのポールで遮られていた。人や自転車の通行は自由だが、車の通行は遮られている。

ロシア大使館は、ヴィルヘルム通りを挟んで東側にあった。また、敷地内の東側にはFSBのベルリン本部がある。情報機関にもかかわらず、ロシアは堂々と他国に庁舎を構えているのだ。

英国大使館の前には夏樹が借りているアウディA4とグリフォルらが乗っていたフォルクスワーゲンのT6が停めてあり、その前後に大使館職員の車が置かれていた。エーベルト通りの銃撃戦の際、アウディA4とフォルクスワーゲンT6のナンバーを覚えている目撃者はいなかったらしい。だが、念のためにナンバープレートが見えないようにしているのだろう。

背後でドアが開いた。

だが、夏樹はあえて振り返らず窓の外を見つめていた。レオナだと気配で分かっているからだ。

「優秀な諜報員《ちようほう》なのに、背を向けたままでいいの？」

レオナは夏樹の隣りに立った。

「僅《わず》かに右足を引きずっている。当然足音も左右で違う」

夏樹は呟《つぶや》くように答えた。足音で誰か分かっていたのだ。レオナは、任務か訓練で負傷した古傷でもあるのだろう。もっとも、それを聞き取れるには、生まれ持った人並外れた聴力と訓練が必要である。また、夏樹が多言語話者になれたのも天賦の聴力のおかげなのだろう。

「嘘！　三年前に右足を銃で撃たれたけど、完治したと思っていた。歩き方に特徴があったなんて、信じられない」

レオナは声を裏返した。

「ナタリーは無事か？」

夏樹はティーカップを傍のテーブルに置いて尋ねた。レオナは病院に搬送されたリアーヌに付き添っていた。レオナにリアーヌの正体はまだ教えていないのだ。

「右腕の骨折と、脳震盪《しんとう》ね。ＭＲＩ検査では異常はなかったから、二、三日で退院できるそうよ。念のため部下を二人置いてきたわ」

レオナはテーブルに用意されているカップにポットからコーヒーを注いだ。英国人だからと言って、紅茶が好きだとは限らない。もっとも夏樹が紅茶を飲んでいたのは、まずいコーヒーを飲みたくないからだ。

ドアが開き、ハウザーが夏樹のスーツケースを提げて入ってきた。ホテルのフロントに預けておいた自分のスーツケースを、彼に直接取ってくるように頼んでおいたのだ。二重底になっており、特殊メイクの道具や材料が隠されている。夏樹はレオナの部下が一緒に動いていたので、ハウザーに頼んだのだ。

「待たせて、すまなかった」

ハウザーはスーツケースを夏樹の足元に置いた。

「手間を取らせた」

夏樹はスーツケースを受け取ると、ソファーに腰を下ろした。

「これから、少々打ち合わせがしたいが、いいかな」

ハウザーは、言い辛《づら》そうに言った。

「誰と？」

夏樹は英国大使館に呼ばれた時点で、複雑な事情が新たに生じたことは分かっていた。

「実は、〝記憶の奴隷〟作戦をBNDに嗅《か》ぎつけられた。派手な立ち回りがあったからね。我々としては、ドイツ政府に正直に対応する他なかったのだ。それに活動する上で彼らの協力があった方がいいと思っている」

ハウザーが後頭部を掻《か》きながら答えた。BNDとは、ドイツ連邦情報局のことである。銃撃戦のことを言っているようだが、まるで夏樹のせいだと言わんばかりだ。

「それで？」

夏樹は冷ややかな視線でハウザーを見た。長年、単独で諜報活動をしてきた。それにもかかわらず、今回はフランスに始まり、英国と関わったと思ったら、今度はドイツの諜報機関も加わるという。異例尽くめなのだ。

「BNDの第八局のユルゲン・ドレムラー局長が、まもなくやってくる。すまないが、会議に加わってくれないか？」

第八局は、公安と対諜報を担当する部署である。

「断る。勝手にやってくれ。フランス抜きじゃ、道義に反する。それにドイツは信用できない」

夏樹はハウザーを睨《にら》みつけた。今回の任務は、自分の信条に反していることばかりしている。そもそも、最初に情報を提起し、夏樹が契約したのもDGSIであるため、フランス抜きではルールに反する。

ドイツはロシアからドイツまでの海底天然ガスパイプラインである〝ノルドストリーム〟を背景に、これまでロシアを擁護する発言を繰り返してきた。プーチンがドネツク人民共和国とルガンスク人民共和国を承認すると表明したことで、〝ノルドストリーム2〟の承認手続きを停止したものの完全にロシアと縁を切るような発言もしていない。

「実は、フランス政府を介して君に任務を依頼したDGSIのミスター・クロード・デュガリにも連絡を入れた。彼にもUSBメモリの内容が何か教えたら、協力すると約束してくれたよ。今回の任務は対ロシアだから、西側諸国なら結束できるはずだ」

ハウザーは得意げに言った。自分の政治力を自慢しているようだ。この分では、米国も仲間に入れたいと言い出しかねない。CIAを引き込めば、すべての主導権を奪われるだろう。

「私抜きで取り決めていたようだが、任務の内容を変えるのなら降りる」

夏樹は腕を組んで言った。これまで諜報の世界で生きてこられたのは、組織に属さないことで存在を知られることなく任務をこなしてきたからだ。

諜報機関と関係を持てば、必ず利用される。梁羽ともその辺の取り決めはしていた。夏樹が総参謀部を逆に利用する立場だからこそ、紅龍の身分を使って梁羽と情報の共有を図っているのだ。

「いや、君に承諾を得るための会議なのだ。BNDには、君を冷たい狂犬ではなくうちの特別諜報員だと紹介する。それに顔出しは必要ない。そもそも、他国の情報機関に特別諜報員を紹介することはないからね」

ハウザーは慌てて言い繕った。

「だったら、007とでも紹介しておいてくれ。自分のやり方で任務を遂行する。英国が邪魔をしなければ文句はない」

夏樹は右手を横に振った。

5

午後十時二十六分。英国大使館。

地下会議室の中央に置かれている楕円《だえん》形テーブルの端にハウザーが座り、大使館職員に案内されてきたBND第八局長のユルゲン・ドレムラーがテーブルを挟んで対座した。

ハウザーとドレムラーの中間のテーブル上に、二台のモニターが向かい合わせに置かれている。ハウザーの右側のモニターに、デュガリが映り込んでいた。彼はDGSI局長だったピラードが死亡したため、局長代理になっている。

また、その対面のモニターの画面は、モザイクが掛けられている。夏樹が音声だけの参加という形を取っており、五階の小会議室に用意されたノートPCを使っていた。音声も変えられているので、デュガリも正体は分からないだろう。

「予定時刻よりは早いですが、ミスター・ユルゲン・ドレムラーが見えたので会議を開きたいと思います。パリから参加のミスター・クロード・デュガリもよろしいですね」

腕時計を見たハウザーが、議長として口を開いた。会議は英語で行われる。

「急な申し出に応《こた》えていただき、感謝しています。それから、みなさん、ベルリンにようこそ」

ドレムラーが、ハウザーとモニターのデュガリに向かって会釈した。

「もう一人、顔出しはできないですが、ウクライナの対外情報庁のミスター・ミコライ・シェチェンコを紹介します。現在、ウクライナはロシアに侵攻され、場所が特定されればロシアから攻撃される可能性がありますので、彼は音声だけの参加となります」

ハウザーはモザイクが掛かったモニターを左手で示し、もっともらしい話をした。

夏樹の要望で、ウクライナの諜報員ということになっている。ＭＩ６の特別諜報員と紹介されれば英国寄りと思われるだろう。また、冷たい狂犬と紹介されれば、これまでの経験からフリーの諜報員として軽く扱われる。そもそも、冷たい狂犬の名を売り出すような真似はしたくない。ウクライナの諜報員ということにすれば、対等に会話ができるはずだ。

「会議を始める前にミスター・ドレムラーに質問がしたい。ドイツは本当にロシアを敵に回す覚悟はあるのか知りたい」

夏樹はウクライナという立場を利用して尋ねた。

「正直に申し上げましょう。ドイツ政府は、ロシアのウクライナ侵攻が早期に終了すれば、ノルドストリーム２の操業も開始するでしょう。それだけにロシアを完全に敵に回すというのは避けたいというのが本音です。しかし、ロシアに頼れば、そのツケは何倍にもなって返ってくるでしょう。我々のようなロシアの裏側を知り尽くした者は、ロシアとは相容《あいい》れない国であるということを政治家に知らしめたいのです」

ドレムラーは静かに語るように答えた。政府すら敵に回す覚悟はできているようだ。

「その言葉、銘記しておきましょう」

夏樹は力強く言った。

「それでは、会議を開催します。たった今から〝記憶の奴隷〟作戦は、お集まりいただいた四ヶ国協働ということで進められます。場合によっては米国にも声を掛けるべきかとは思いますが、現時点ではそれも米国政府次第だと思っております」

ハウザーはバイデン政権の腰がまだ重いことを指しているのだろう。在独米国大使館は、英国大使館と目と鼻の距離であるが、情に流されることはないということだ。

「ヨーロッパの問題として、できれば片付けたいですな」

ドレムラーは苦笑してみせた。NATOも米国の機嫌を取りながら運営されている。だが、米国はトランプ前政権のようにいつ〝米国第一主義〟になるか分からない。本音は米国抜きでやりたいのだろう。

「私ははからずも部下をベルリンに差し向けたことで、関わってしまいました。会議には出席しましたが、国外の事案はDGSE（対外治安総局）の担当ということになります。そのため、今回の会議の内容を持ち帰り、政府でどんな協力ができるか検討することになります。ただ、ハンス・シュトライヒの情報は今さらながらですが、ピラードのパソコンを調査した結果分かりましたので報告します」

デュガリは遠慮気味に言ったが、現時点ではフランスとしては人員を割けないと言っているようなものだ。夏樹とリアーヌだけに任せて大事になってしまったので、戸惑っているのだろう。あるいは、時間が遅いので政府関係者に報告もできていないのかもしれない。

ハンス・シュトライヒは、ベルリン在住のハッカーでピラードはこれまでも暗号解読やハッキングを依頼していたことがDGSEの調査で分かったらしい。依頼案件はいずれも違法だったため、DGSEのIT部門を使わなかったようだ。だが、極秘情報を利用することでピラードは局長まで上り詰めたのだろう。

シュトライヒはリアーヌとの待ち合わせに現れなかったのでロシアの息が掛かったハッカーだった可能性がある。DGSIの捜査は続けられているそうだが、FSBが関わっているとしたら存在すら消されて見つけることは難しいだろう。

「一番は、我々だけで作戦を遂行して米国の鼻を明かしたいところですが、残念ながら、ナタリーに扮装《ふんそう》したDGSI職員からUSBメモリを奪った犯人はロシア大使館に逃げ込んでしまいました。DGSI職員と情報を共有していたミスター・シェチェンコの情報では、彼女のポーチに仕込んであったGPS発信機の信号は、大使館内のFSB庁舎で消えたそうです」

ハウザーは、ドレムラーとデュガリに顔を向けて渋い表情を見せた。彼はデュガリからリアーヌの情報は得ていたようだ。会議に招待されたため、デュガリも言わざるを得なかったのだろう。ロシア大使館に逃げ込まれた段階で作戦はお手上げ状態である。だが、デュガリは微《かす》かに微笑んだ。シェチェンコが夏樹だと分かったようだ。彼はリアーヌからGPS発信機をポーチに仕込んだことを報告されていたのだろう。

「USBメモリは、今頃破壊されているということですか」

ドレムラーは大きな溜息《ためいき》を吐いた。

「USBメモリは、三段階認証になっていますが、FSBの職員なら解除し、中を確認した上で破棄するでしょうね。ただ、第二、第三認証に使われる網膜認証の解除は、FSB幹部の網膜スキャンだけという情報もあります。ルビャンカに持ち込まないとベルリンのFSBの職員では確認しようがないので、モスクワに移送するはずです」

ハウザーは、にやりとした。まだ、奪回のチャンスがあるとでも言いたいのだろう。

「だとしたら、我々がそのUSBメモリを手に入れても、セキュリティを解除できないということじゃないですか？」

ドレムラーは訝《いぶか》しげな目でハウザーを睨んだ。

「賭《か》けではありますが、当方で三人のFSB幹部の網膜データを保持しております。極秘の情報ではありますが、データを人間と同じ構造体の人工眼球にプリントする技術があります。つまり人間の眼球のコピーが作れるので、網膜スキャンはクリアできるのです」

ハウザーは誇らしげに言った。

「まさに賭けですね。当方の情報では、第二、第三認証には、十二人のFSB幹部の網膜情報から選ばれると聞いております。三人ということでしたら、確率四分の一ということですな」

今度はドレムラーがふんと鼻息を漏らした。してやったりという顔である。英国人とドイツ人が言い争い、それをフランス人が冷ややかな目で見る。まるで街角の風景だ。

「馬鹿馬鹿しい」

夏樹はハウザーとドレムラーの馬鹿仕合を鼻先で笑った。

——何がおかしいのかな。ミスター・シェチェンコ？

ハウザーが夏樹の映っているモニターのカメラに向かってじろりと睨《にら》んだ。

「アンナ・イワノワは、セキュリティレベルが高い情報を盗みだすほどの技術があった。それなのに、FSBの手順通りの作業で機密データをコピーするはずがない。コピーできたとしても三段階認証が解除できなければ、外部に持ち出したことにはならないからだ。システムをあらかじめハッキングし、データをコピーする際に二つの別の網膜データを使ったはずだ。それは、彼女自身か、あるいは信頼できる仲間の網膜データだろう」

夏樹は淡々と言った。

——ミスター・シェチェンコのいう通りだ。ベルリンからFSB本部にUSBメモリを持ち込んでも解除できないだろう。

蚊帳《かや》の外状態だったデュガリが、手を叩《たた》いて夏樹に賛同した。

「USBメモリの構造上、手に入れても何の役にも立たない。重要なのは、アンナ・イワノワの所在だ。現在行方不明なのは、FSBに収監されているのか、あるいは彼女自身が身を隠しているのかのどちらかだ。それを突き止めることだ。彼女がUSBメモリの複製を持っていれば、中の情報は取り出せる」

夏樹はノートPCのモニターを見ながら力強く言った。

――ミスター・シェチェンコに、私は賛成だ。

ハウザーは右手を挙げた。

――私も同意します。

デュガリも挙手した。

――異論はない。だが、方法は？

ドレムラーも遅れて右手を挙げる。

「私に協力してもらおうか」

夏樹は静かに言った。

ワルシャワの罠

1

二月二十五日、午前八時二十分。ベルリン。

夏樹はアウディA4の運転席に座り、ウンター・デン・リンデン通りの中央分離帯でもある緑地を見つめていた。

特殊メイクはフルフェイスの老人のマスクを使っている。マスクの下にも別の特殊メイクをした上で、簡単に変身できるからだ。もっとも、二重の特殊メイクは秋冬限定である。夏場はすぐに汗ばんで息苦しくなるからだ。

フルフェイスマスクは、厚手で何回でも使えるタイプと、皮膜が薄いタイプの二種類ある。厚手のタイプは、目元の処理さえすれば男にでも女にでもなれる。欠点は口を動かすと不自然なことだ。その点薄い皮膜タイプは皮膚に馴染《なじ》むが、剝《は》がせば破れてしまうので使い回しはできない。

今回は薄い皮膜タイプを使っていた。事前に作っておけば目元と口元の処理さえすれば簡単に装着できる。カツラと一体になっているが、携帯しても嵩張《かさば》らない。

気温は三度、早朝の雪がうっすらと緑地帯に残っている。

この通りではU5（地下鉄5号線）の延伸工事のため規制が敷かれていたが、昨年の七月に工事は完了した。道路上から重機や工事フェンスが撤去され、街は元の静けさと美観を取り戻している。

ヴィルヘルム通りとの交差点角にある商業ビルの前にアウディA4を停めていた。商業ビルはロシア大使館があるブロックの北西の角に食い込むように建っている。

「あなたの素顔はどうやったら見られるのかしら？」

助手席のレオナはタブレットPCの映像を見ながら呟《つぶや》いた。フルフェイスの特殊メイクのため、昨日とはまったく別人になっている。驚きを通り越して呆《あき》れているようだ。

「同業者には見せたことがない」

夏樹はあえて冷たく答えた。普段から感情を表に出さないが、女性には距離をおくべきだと思っている。特に同業者と男女の関係になってはいけない。これは鉄則である。だが、何度もそれを破り後悔した。男とは懲りない生き物なのだ。

「つまらないわね」

レオナは腕組みをして鼻息を漏らした。

ロシア大使館で車が出入りできる場所は、ウンター・デン・リンデン通りに面した北側の正面玄関と同じく通りに面したFSB庁舎にもある。また、反対の南側のベーレン通り沿いにも二箇所あった。

また、職員用の出入口は、正門とFSB庁舎側だけでなく、西側のヴィルヘルム通りに一箇所、ベーレン通りに五箇所、東側のグリンカ通りに一箇所ある。レオナが見ているタブレットPCには、それぞれの出入口を映し出した監視カメラの映像が表示されているのだ。監視カメラはBNDが設置し、映像は共有化されている。

また、各出入口には番号が振ってあり、正面玄関は北側にあるので〝N1〟、FSB庁舎の出入口は〝N2〟という具合だ。

昨夜の会議で実質三ヶ国の諜報《ちょうほう》機関が協力してFSB諜報員のリストを手に入れることになった。だが、USBメモリを奪取してもセキュリティを解除しない限り意味がないため、夏樹はアンナ・イワノワの所在を突き止めて彼女とコンタクトを取ることが最優先であると提案して同意を得ている。

そのため、三ヶ国の諜報機関に夏樹は協力させることにした。今回の作戦では人海戦術でロシアに対処すべきだと考えたからだ。その代わり、レオナと組むことが条件にされた。夏樹の抜け駆けを心配しているのだろう。

――アルファ1。N1からベンツSクラスが出てきました。そのまま追跡します。

ブルートゥースイヤホンに無線連絡が入った。

アルファ1とは、ドレムラーの部下のコールネームである。ドレムラーはBNDの第八局から二十四人の職員を選び、ロシア大使館の各出入口の監視をしていた。また、MI6からも十二人の職員がBNDのサポートをしている。

彼らは大使館から出てきたロシア人を徒歩でも車の場合でも追跡する。空港や駅などに入って国外に出るようなら、スパイ容疑で拘束する使命を帯びていた。彼らの目的はあくまでもUSBメモリの奪取なのだ。夏樹はコピーを持っていることは教えるつもりもないので、好きにさせている。

「あなたは、トーマス・ヘイネスが怪しいと思っているようだけど、根拠は？　確かに私たちを騙《だま》したけど、配管工に化けた風采《ふうさい》の上がらないただの中年諜報員じゃないの？」

レオナはタブレットPCから目を離し、夏樹を見た。

「中年ということに間違いないが、大物だった」

夏樹は自分のスマートフォンを出し、一枚の画像を表示させた。

「似ているけど、誰？」

レオナは首を傾げた。

「FSBの第五局の軍事防諜部の部長、パヴェル・ケルジャコフ中佐だ。しばらく現場からは離れていたが、変装の名人でシステマの達人らしい。トーマス・ヘイネスというドイツ人の名を騙《かた》っていたのだ。おそらく本人は殺されたのだろう」

夏樹は鼻先で笑った。名人と言っても見破ることができる程度だ。夏樹はヘイネスの写真を梁羽に送って身元を確かめた。すると、二年前にクレムリンで行われた功労者の表彰式で、梁羽は直接見たことがあるとすぐに返事はきている。彼は、中国の要人とともにゲストとして招かれていたそうだ。

　式典ではケルジャコフだけでなく、ロシアの諜報員を隠し撮りしてきたそうだ。その時の写真を送ってもらっている。梁羽も習近平の盟友であるプーチンを倒すためなら、協力を惜しまないと言ってきた。

「MI6では未《いま》だにトーマス・ヘイネスというドイツ人だと思っているわよ」

　レオナは両眼を見開いた。

「それだけ、ケルジャコフが上手《うわて》ということだ。FSBは失態をプーチンに知られないように大物を送り込んできたのだろう」

　ブラックマーケットでUSBメモリを手に入れたピラードが、ハンス・シュトライヒに解読を依頼することをケルジャコフは事前に情報を得ていたのだろう。そこで、トーマス・ヘイネスという新たな身分を手に入れてUSBメモリの受け渡しを計画したに違いない。

「ということは、ケルジャコフを拘束すればUSBメモリだけでなく、アンナ・イワノワの所在も分かる可能性があるということね」

　レオナは指を鳴らした。

「拘束しても、口を割るとは思わないがな」

　夏樹は首を振った。

　一九九一年に悪名高きKGB（ソ連国家保安委員会）が解体されて、FSK（連邦防諜庁）を経て一九九五年にFSBに改称されている。ケルジャコフはFSK時代にスペツナズから移籍した叩《たた》き上げの諜報員らしい。

――こちらアルファ8。S5から作業員風の男が、出てきました。尾行するべきですか指示をお願いします。

グリンカ通りに近いベーレン通りを監視している職員からの連絡だ。口ぶりからすれば、無視していいかという感じである。

「こちら、オメガ。尾行はしないで、どの方角に行くのかだけ教えてくれ」

夏樹はレオナのタブレットPCで監視映像を確認すると、無線で指示を出した。オメガは今回に限ってのコールネームである。

「まさか。このおじさんがケルジャコフだというの？」

レオナは首を捻《ひね》っている。男はブルーのつなぎの上から防寒ジャケットを着て、くたびれたハンチング帽を被《かぶ》っていた。荷物は何も持っていない。外見は、ロシア大使館が雇っている作業員か庭師といったところだ。

「この時間に作業員が出てくるのはおかしい。それにこの男の歩き方が、トーマス・ヘイネスに似ている」

夏樹は運転席のドアを開け、周囲を窺《うかが》いながら降りた。

ケルジャコフはロシア大使館がBNDの監視下に置かれていることに気付いているのだろう。もっともそれは夏樹の狙いでもあった。大使館にプレッシャーをかけることで、車での移動が危険と思わせるためである。そこでケルジャコフは大胆にも徒歩で移動し、どこかで仲間に拾ってもらう魂胆に違いない。

「了解。私は車でサポートする」

レオナも助手席から降りて運転席に移動した。

「頼んだ」

夏樹は運転席のドアを閉めると、足早にグリンカ通りに向かって歩き出した。

2

午前八時四十分。ベルリン。

夏樹はベルリン＝フリードリヒ通り駅の高架ホームのベンチに座っていた。

作業員に化けたケルジャコフは、数メートル先に立ってSバーン（都市高速鉄道網）の電車を待っている。

ロシア大使館から七百メートルほど離れた駅まで徒歩でやってきた。システマの達人と言われるケルジャコフを街中で捕まえることは難しいだろう。そもそも、老練なスパイが簡単に口を割るとも思えない。どこまでも尾行し、隙を狙って拉致《らち》するか、他の諜報員と接触するのを辛抱強く待つつもりだ。

彼を徒歩で追っているのは夏樹だけで、駅の外にレオナがアウディA4で待機している。あらかじめケルジャコフの追跡は、単独で行うためBNDとMI6の手出しは無用と断った。下手に彼らがサポートすれば足を引っ張るだけだからだ。

ケルジャコフの年齢は五十一歳だそうだが、今は六十歳前半に見える。目元に皺《しわ》を入れて白髪にしているようだ。トーマス・ヘイネスに変装していた時は、頭頂部が禿《は》げたカツラを被っていたのだろう。二年前の写真の顔とはかなり異なるが、夏樹のように変装の名人から見れば素顔も想像がつく。

ホームにBR481型と呼ばれる車体の下部が赤で上部が山吹色のSバーンの列車が入ってきた。S9・ベルリン・ブランデンブルク空港行きである。

ケルジャコフはさりげなく周囲を見回すと、車両に乗り込んだ。

夏樹はベンチからゆっくりと立ち上がり、乗車口に向かう。ケルジャコフは奥のドア前に立っている。いつでも降りられるようにしているのだろう。車両は通路を挟んで二席のベンチシートが向かい合わせになっている。夏樹は別の出入口から入り、ケルジャコフが見える通路側の席に座った。このまま空港まで行くなら電車に三十分ほど揺られることになる。

電車が発車した。レオナは夏樹のスマートフォンの位置データを追って車を走らせることになっている。

ケルジャコフは電車が動き出すと、夏樹と通路を挟んで二列離れた窓際の席に座った。座席は三分の一程埋まっており、立っている乗客はいない。

通路を挟んで隣りの席にサングラスを掛けた女性が座った。

「むっ」

夏樹は右眉《まゆ》をぴくりと上げた。女性はレオナなのだ。

レオナは無言でファッション誌を広げた。他人の振りをするらしい。

夏樹はスマートフォンの〝メッセンジャー〟アプリで、「車はどうした？」とレオナにテキストを送信した。

レオナはすぐに「グリフォルに任せた。あなたを一人にしてはいけないと、命令されている」と返信してきた。

夏樹は溜息《ためいき》を吐くと、スマートフォンをポケットに仕舞った。

ケルジャコフは窓の外を空《うつろ》な目で見ている。一流の諜報《ちょうほう》員のくせに、隙だらけだ。現場を離れていたために研ぎ澄まされた感覚も衰え、体力も落ちているのだろうか。あるいは、それも演技というのなら噂で聞くよりも優れた諜報員ということになる。

二つ目の駅、アレクサンダー広場駅に停まった。進行方向に向かって右手、南西の方角に京都タワーにどことなく似ているベルリンテレビ塔が見える。京都タワーの竣工《しゅんこう》が一九六四年でベルリンテレビ塔は一九六九年と五年前後しているが、当時の近代建築の流行《はや》りなのかもしれない。

四人の男が乗り込んできた。全員一八〇センチを超える体格をしており、口髭《くちひげ》を生やした男がおり、他の三人を従えているように見える。

口髭の男がケルジャコフの隣りに座ると、残りの三人が座席を囲むように立った。

ケルジャコフは相変わらず窓の外を見つめて彼らを無視しており、口髭の男がケルジャコフの耳元で何か呟《つぶや》いている。

レオナはメッセンジャーで「FSBの仲間が迎えに来た?」とテキストを送ってきた。夏樹は「不明」と送り返した。ケルジャコフからは何の感情の変化も感じられない。それは諜報員としては当たり前のことだが、口髭の男の部下と思われる三人の男たちに異常な緊張感が感じられる。

次のヤノヴィッツブリュッケ駅で、ケルジャコフと口髭の男が立ち上がると、二人の男がケルジャコフの両脇に付いてホームに降りた。地下鉄の駅も併設されているが、大きな駅ではない。駅前にバーガーキングやガソリンスタンドはあるが、乗降客が多い駅ではないのだ。

夏樹とレオナは別の出入口から列車を離れ、レオナは急ぎ足で階段を下りて行った。アウディA4に乗っているグリフォルと合流するのだ。

階段を下りるケルジャコフの足取りが遅い。進んで男たちと一緒に行動しようとは思っていないらしい。

「むっ」

夏樹は彼らを追い越し、駅舎を出た。ケルジャコフの両脇の男たちが銃を隠し持っていることに気が付いたのだ。

駅前にはベンツSクラスが停めてあり、五十メートルほど離れたところにグリフォルが乗り込んでいるアウディA4が待機している。

夏樹はベンツSクラスにさりげなく近づき、助手席のドアを開けて座る。

「なんだ。貴様!」

男がロシア語で怒鳴った。すかさず夏樹は裏拳《うらけん》を男の顔面に炸裂《さくれつ》させて昏倒《こんとう》させると、男のポケットを探って車のキーを取り出す。車から降りて運転席のドアを開け、男を路上に転がした。

ケルジャコフらが駅舎から出てきた。

夏樹は運転席に乗り込むとギアをバックに入れてアクセルを踏み、駅舎から出てきたケルジャコフらの直前で勢いよく止まった。

「なっ!」

「おお!」

男たちが車を避《よ》けて声を上げた。

「ケルジャコフ! 乗れ!」

ウィンドウを下げた夏樹は、ケルジャコフに向かって叫んだ。

それまで大人しくしていたケルジャコフが、いきなり両脇の男を殴りつけると、ボンネットを飛び越えて助手席に乗った。

夏樹はアクセルをベタ踏みし、後輪を鳴らして車を出す。

「どこに行く?」

夏樹はバックミラーをチラリと見ると、交差点を左折し、ホルツマルクト通りに出る。

「何者だ?」

ケルジャコフが夏樹の喉元《のどもと》に銃口を突きつけてきた。

「銃を仕舞え。聞かれて素直に答えるやつがいるのか?」

夏樹はふんと鼻息を漏らした。

「確かに」

苦笑したケルジャコフは、銃を防寒着の下に収めた。FSBが採用しているPSS－2である。全長は195ミリと小型であるが、消音弾である7・62ミリSP－16弾を使用する強力な銃だ。

「どうして、FSBに連行されそうになった?」

夏樹はリヒテンベルガー通りへと左折して尋ねた。ケルジャコフの両脇に立っていた男たちもPSS－2を持っていたのだ。銃身の短い独特のフォルムで分かった。男たちがFSBとすれば、ケルジャコフには複雑な事情がありそうな気がする。そのため、彼を拉致するという作戦は変更したのだ。

「……おまえはどこの国のエージェントだ?」

ケルジャコフは睨《にら》みつけてきた。

「どこにも属さない」

夏樹はボソリと言った。

3

午前十一時五十分。

夏樹はベンツSクラスのハンドルを握り、ポーランドの高速道路であるA2（アウトストラーダ）を走っていた。

ケルジャコフは助手席で眠った振りをし、右手を防寒ジャケットに突っ込んでいる。銃をいつでも抜けるようにしているのだろう。とはいえ、車に乗っているので、少なくとも危機的状況から夏樹が助けたことだけは認識しているようだ。

夏樹は、監視するという任務を受けていたがクライアントを裏切って本能的に助けたと彼には伝えた。信じてはいないだろうが。

ケルジャコフは夏樹の、なぜFSBに連行されそうになったのかという質問には答えなかった。だが、「ワルシャワに連れて行け」とだけ答え、以後眠った振りをしているのだ。夏樹もミコライ・シェチェンコと偽名を名乗っただけなので、無理もない話ではある。

ケルジャコフはFSBから追われる立場になったらしく、その証拠にグローブボックスの奥にあった追跡装置とGPSアンテナの配線を素手で引きちぎっている。FSBの車はカーナビのGPS装置の他、所在地を独自に発信する追跡装置が標準で装備されているのだ。

ケルジャコフにとってもFSBは今や敵である。だからと言って、夏樹が正直に英仏独と行動を共にしていることを言って状況がよくなるとも思えない。車内の沈黙は仕方がないといえる。

「ガソリンを入れる。コーヒーでも飲むか？」

オーレンのガソリンスタンドの看板を見た夏樹は尋ねた。オーレンはポーランドのエネルギー大手である。欧米のガソリンスタンドはレストランやカフェやコンビニを併設している場合が多いので、日本のサービスエリアとほぼ同じだ。

ベルリンから二百八十キロほど走ってきた。ポーランドの地方都市ポズナンを過ぎたところである。ワルシャワ市内までは三百キロほどでガソリンもまだ余裕があるが、ガソリンはいつでも満タンに近い状態にしておきたいのだ。

「コーヒー？　腹も減った」

ケルジャコフは目を閉じたまま素気なく答えた。

側道に入った夏樹は、ガソリンスタンドで給油した。

レオナが乗ったアウディA４は、二つ隣りの給油機に並んでいる。車から降りた彼女は、スタンドの目の前にある〝ストップ・カフェ・ビストロ〟という赤い看板を出す建物に入って行った。

電車に乗っていた時と服装が変わっており、カツラを被《かぶ》ったらしくブロンドから黒髪になっている。電車内ではサングラスをかけていたので、まったく別人として認識できるだろう。店内でケルジャコフを監視し、同時に夏樹と接触するつもりなのだろう。

給油を終えた夏樹は、〝ストップ・カフェ・ビストロ〟の駐車場に車を停めた。基本はガソリンスタンドなので、給油機があるレーンを抜けると、その流れで店舗に車を停めるのか、あるいはそのまま出て行くのかのどちらかだ。

「降りるぞ」

夏樹はケルジャコフに言った。ここまで素直に車に乗っていたが、逃げられる可能性は捨てきれないので単独行動をさせるつもりはない。

「おまえが車のキーを持っている。どこにも逃げるつもりはない。魂胆は分かっている。私が持っているUSBメモリを、隙を見て奪うつもりなんだろう？」

ケルジャコフはお互いの立場を確認したいのだろう。

「USBメモリに興味はない。おまえこそFSBに追われる身なら、ルビャンカに持ち帰るとも思えない。どうするつもりだ？」

夏樹は首を捻《ひね》った。ベルリンでケルジャコフは仲間と行動していたらしいので、そのためFSB本部から派遣されていると思っていた。現在はFSBから追われる身になっているのなら、USBメモリを持っていても意味はないはずだ。

「昨年の十月、ベルリンのロシア大使館前で大使館職員が不審死を遂げた。二〇一九年の十二月、ルビャンカで銃撃戦があった。知っているか？」

ケルジャコフは唐突に尋ねてきた。

独誌シュピーゲルは二〇二一年十一月五日に、十月半ばの事件として、ベルリンのロシア大使館の外で、ロシア外交官が大使館上層階から転落死したと報じた。また、英調査報道機関である〝ベリングキャット〟のように、「死亡したのはFSB第二総局の副局長の息子」だと伝えるメディアもある。

二〇一九年十二月十九日、FSB本部入口で銃撃犯が発砲し、少なくとも一人が死亡、五人が負傷という不可解な事件もあった。銃撃犯は武装職員がその場で射殺したと、情報機関の不祥事にもかかわらず珍しくロシアメディアが報じている。

「そんなニュース、業界の人間でなくても知っている。転落死したやつは、自殺じゃなく内部の人間に殺されたんだろう。それに世間が言うような『報復』じゃないはずだ。銃撃事件というのも、外部からの攻撃と発表したが内部で起きた銃撃戦じゃないのか？　FSB本部に銃武装で攻撃を仕掛ける馬鹿がいるとも思えない」

夏樹は冷たく答えた。

二〇一九年八月、ベルリンの公園でジョージア国籍のチェチェン独立派元司令官が殺害された。

二〇二〇年八月、ロシア反体制指導者アレクセイ・ナワリヌイ氏が、国内線で移動中に神経剤〝ノビチョク〟を盛られて重体となった。

どちらもFSB第二総局が関与したと言われている。そのほかにも第二総局が関わった暗殺事件は多々あり、様々な国や組織から恨みを買っていた。ロシア大使館から転落死したのがFSB第二総局の副局長の息子だったために報復と考える者もいるようだ。

だが、外部の人間が、セキュリティの高い大使館やFSB本部に入れるものではない。内部の犯行と見るのが妥当なのだ。

「鋭いな。その通りだ。第二総局が恨みを買って報復を受けているというのは、内紛状態を隠すために外部に流している偽情報だ。しかも内部を揺るがしているのは、とりわけ第五局の腐敗だ」

ケルジャコフは溜息《ためいき》を漏らした。

「第五局はプーチンの目と耳だからか？」

夏樹は頷《うなず》きながら尋ねた。

「プーチン大統領は、自分のために情報収集と分析をする第五局を作った。そのため、歴代の局長は大統領の顧問のような存在なのだ。だが、大統領は自分に不利な情報は受け付けない。だから、第五局は次第に大統領に都合のいい情報だけ報告するようになった。今回のウクライナ侵攻も、局長らは戦争を始めればウクライナ国民は花束を持ってロシア軍を迎えると大統領に報告していたそうだ」

ケルジャコフは苦々しい顔つきで言った。

「だが、それを招いたのは、プーチン自身だ。自らの振る舞いで裸の王様になった。そして愚王に従ったロシアは、今回の侵攻でウクライナの敵というより、人類の敵になってしまったということだ」

夏樹は鼻先で笑った。

「おまえの言う通りだ。本当に情けない。FSBは、大統領に媚《こ》びを売る親大統領派とロシアを正しい国家にしようとする派閥の間で揺れ動いている。もっとも、親大統領派の方が圧倒的に多いがな」

ケルジャコフはあえて「反体制派」とか「反プーチン」とは言わなかった。プーチンにまだ忠誠を誓っているということだろう。

「それなら、なおさらUSBメモリをどうするつもりだ？」

夏樹は口調を強めた。

「FSBの改革だ。名簿から親大統領派を選び出して公表するのだ。やつらは、大統領に偽情報を教えるクズだ。だが、親大統領派の名前は知っていても、パスポート番号などの個人情報は知らない。それを公表すれば、諜報《ちょうほう》員以前に人としても生きていけなくなる。つまり、親大統領派を殲滅《せんめつ》できるだろう。とはいえ、私でも、ルビャンカから機密データを手に入れることはできなかった。だからこそUSBメモリが必要だったのだ」

ケルジャコフは、USBメモリの認証のことを知った上で強奪したらしい。USBメモリを使った粛清を考えているようだ。だが、親大統領派が大半を占めるのなら、粛清どころかFSB自体を潰《つぶ》す可能性もあるだろう。

「それなら、協力してやる」

夏樹は頷いたが、復号したデータはいただくつもりだ。

「それにしてもフリーのエージェントというが、名前からしてC3PYじゃないのか。だが、あそこのエージェントは特殊メイクなどしない」

ケルジャコフは、訝《いぶか》しげな目で夏樹をしげしげと見た。特殊メイクと見破られているようだ。ちなみにC3PYとは、ウクライナ対外情報庁のことである。

「ぶつぶつ言っていないで、腹が減ったんじゃないのか？」

夏樹は運転席のドアを開けた。

「……仕方がない。飯を食うか」

ケルジャコフは肩を竦《すく》めると車を降りた。

4

午後二時五十分。ポーランド。

夏樹はワルシャワ郊外のコノトパ・ジャンクションで、A2から準高速道路であるS2（エクスプレスフカ）に入り、数分後に一般道に出た。

レオナには〝ストップ・カフェ・ビストロ〟でケルジャコフの目を盗んで接触し、ケルジャコフと行動を共にすることで、USBメモリの認証を解除する情報を得るつもりだと伝えた。だが、少しでも仲間がいると気取《けど》られたら作戦は失敗する。そのため、これまで以上に距離を取るように指示した。

レオナも夏樹がスマートフォンの電源を切らない限り、従うと約束している。また、彼女からは小型のポーチを受け取っていた。夏樹の特殊メイクの小道具と予備のパスポートなどが入っており、ケルジャコフを徒歩で追跡する際に車に置き忘れたのをレオナが気を利かして持ってきてくれたのだ。親切心というよりも、任務を遂行するためには夏樹の失敗は許されないからだろう。

行き先はワルシャワ・ショパン空港の近くにある〝ビルホヴツカ・ホテル〟というケルジャコフが指定した四つ星ホテルである。

「ひょっとして、パニックルームがあるのか？」

夏樹はホテルがあるアレヤ・クラコフスカ通りへと左折したところで車を停めた。ケルジャコフから指定されたのだが、ホテルにチェックインするにしては時間が早すぎるからだ。

「……ロシアに入るのに出国した時のパスポートは使えないからな」

ケルジャコフは渋々答えた。部屋にパスポートや金が隠してあるのだろう。

「自分で契約しているのなら問題ないが、安全は確保されているのか？」

夏樹もポーランドにこそないが、大国の首都にはパニックルームを持っている。所在地は夏樹だけが知っているので、他人に知られることはまずない。

「大丈夫だ。私が個人で使っている」

ケルジャコフはにやりと笑った。

「ロシアに入国するのか？　目的を教えてくれ。あまりにもリスキーだ」

夏樹は周囲を窺《うかが》いながら尋ねた。聞いたところで諜報員なら目的などまともに答えないだろう。だが、監視社会であるロシアに入るならある程度知っておく必要がある。それにウクライナに侵攻したため、国境の警備は厳しくなっているはずだ。とはいえ目的は想像がつく。

「プロのエージェントにそれを聞くのか？　答えるわけがなかろう。それなら君こそ本当の目的をいいたまえ。私に近づいたのは、USBメモリに関わることのはずだ。他人を利用するのならそれなりに誠意を示せ」

ケルジャコフは眉《まゆ》を上げた。

「この世界で誠意という言葉など笑止。逆におまえの目的を言ってやろう。危険を冒してまでロシアに戻るのは、データを盗み出したアンナ・イワノワと会うためだろう。それ以外に考えられない。彼女を使ってデータを盗み出し、国外脱出させるつもりだった。だが、協力者だったイワン・ジャリノフが金に目が眩《くら》んで裏切った。それで、計画が狂ったのだ。まさかブラックマーケットに出回るとは予測外の出来事だったに違いない。そのためおまえは、USBメモリを取り戻すために自ら現場に戻った。ピラードを殺害したのも、おまえの仕業なんだろう？」

夏樹はケルジャコフを見据えて言った。顔の表情を読み取っていたのだ。眉一つ動かさなかったが、「ピラードを殺害」という言葉でぴくりと右頬を痙攣《けいれん》させた。

ピラードの目をくり抜いたのは、USBメモリの認証を知っている人間を攪乱《かくらん》するためだろう。

「巨大な諜報組織をバックにしていなければ、そこまで情報は得られないはずだ。フリーなんて大嘘だ。おまえはアンナを見つけ出し、私を殺すつもりなのだろう」

ケルジャコフは腕組みをして夏樹を睨《にら》んだ。図星だったらしい。

「FSBのリストを手に入れて公開するのが目的だ。そのためアンナの所在を私も探している。フリーというのも本当だ。証拠というわけではないが、私のコールネームを教えてやる。冷たい狂犬だ」

夏樹は仕方なくコールネームを名乗った。

「冷たい狂犬！　確かにフリーのエージェントだとは聞いている。だが、日本人だったはずだ」

ケルジャコフの反応は早かったが、首を傾げた。ロシアは中国や北朝鮮と同盟を結んでいるために冷たい狂犬の情報もケルジャコフは知っていると思っていた。白髪のフルフェイスの特殊メイクを剥《は》ぎ取り、カラーコンタクトも取り外した。だが、ラテン系の特殊メイクまでは外すつもりはない。

「これ以上メイクを取るつもりはない。私の素顔を知っているのは、世界で数人だ。そこにおまえを加えるつもりはない」

夏樹は表情もなく言った。

「驚いた、二重の特殊メイクか。冷たい狂犬は、天才的な変装の名人と聞いている。なるほどな。だが、私のことは何も知らないだろう。それでも組むと言うのか」

ケルジャコフは薄笑いを浮かべた。いつでも裏切ってやるとでも言いたいのだろう。

「おまえは、二〇二〇年のクレムリンで行われた功労者の表彰式で大統領から直接表彰され、少佐から中佐に昇進している」

夏樹はふんと鼻息を漏らした。

「なっ、なぜ、そこまで知っている？　諜報員の表彰式は、厳重な警備のもと極秘で行われたはずだ」

ケルジャコフは両眼を見開いた。

「あの会場にいたんだ。招待された中国人に化けてね。大統領から目をかけてもらっていたはずだが、なぜ裏切った。それが理解できない」

夏樹は肩を竦めた。招かれた中国人は梁羽も含めて人民解放軍総参謀部の幹部の三人だったそうだ。いまさらケルジャコフが確認することもないだろう。

「大統領は偉大な存在だったし、尊敬していた。だが、ウクライナに侵攻するために昨年軍事演習をはじめたころから、私は疑問を持ち始めた。だからこそ、ウクライナの侵攻が始まる前にＦＳＢの親大統領派の抹殺をしようと企《たくら》んだのだ。これ以上、彼らが嘘の情報を垂れ流し、祖国とウクライナを破滅に導くのを阻止しなければならない。私の妻がウクライナ人というのも動機だ。ウクライナには友人も多い。これ以上、彼らを苦しめたくないのだ」

ケルジャコフは右拳《こぶし》を握りしめて言った。

「理屈は通る」

夏樹は小さく頷《うなず》いた。彼の動機は理解できる。だが、諜報員《ちょうほう》としてのケルジャコフを信じることはできない。迫真の演技かもしれないからだ。

「分かったら、車を出してくれ」

ケルジャコフは顎《あご》を振って車を出すように言った。

「言っておくが、お互いの立場はフィフティ・フィフティだ」

夏樹は車を進めた。アレヤ・クラコフスカ通りは中央に路面電車が走っている。数百メートル先でUターンし、七階建てのビルホヴツカ・ホテルの傍を抜けてホテルの裏側にある駐車場に車を停めた。

「ここで、待っていてくれ。パスポートと金を取ってくる」

ケルジャコフは助手席から降りた。

「一人で行くな」

夏樹も車から出るとケルジャコフとホテルの裏口から入った。

ケルジャコフはフロントには行かずに、エレベーターホール脇の階段を使った。

「客室を通年で借りているんじゃないのか？」

疑問に思った夏樹は尋ねた。

「FSBの給料など、高が知れている。通年で借りられるわけがない。このホテルのサーバーをハッキングして常に予約が入っている状態にしてある部屋があるのだ。たまに私が実際に宿泊するが、専用の部屋と同じようなものだ。今は便利な世の中なんだぞ」

ケルジャコフは肩を竦《すく》めた。

「……そうだな」

夏樹は鼻先で笑った。以前夏樹も同じことをしていたからだ。だが、ハッキングしてホテルの記録を改ざんしても、絶対発覚しないという保証はない。もし、見つかった場合は警察に通報されるか、最悪の場合、敵の情報機関に命を狙われることになる。リスクが高すぎるのだ。

五階に上がったケルジャコフは得意げにポケットからカードキーを取り出し、五一六号室のドアの前に立った。非常階段の近くでしかも消火栓が近くにある。客室としてはホテル側としても進んで提供する部屋ではなさそうだ。

「ちょっと待て」

夏樹はポケットからエンドスコープ（内視鏡）を出し、スマートフォンに接続した。この手の物は市販品もあるが、夏樹のものは長さ一〇センチほどの小型で先端に高性能のレンズを備えた特注品である。夏樹はケルジャコフを下がらせてドアの下からエンドスコープを差し込み、スマートフォンの画面で部屋の内を覗《のぞ》いた。

頷いた夏樹は、エンドスコープをドア下から抜いて無言でケルジャコフに戻るようにハンドシグナルで示した。

「これでも安全か？」

夏樹は階段室まで戻ると、ケルジャコフにスマートフォンの画面を見せた。部屋の内部を撮影しておいたのだ。銃を手にした二人の男が部屋の片隅に立っている。ＦＳＢの諜報員だろう。

おそらくホテルの駐車場や正面のエントランスにも待機しているはずだ。駐車場から無事にホテルに入れたのは、ケルジャコフが変装していることもあるが夏樹が同伴しているからだろう。あるいは、部屋で待ち伏せしている二人の男たちが、ケルジャコフ殺害の役割なのかもしれない。

「まっ、まさか。嘘だろう」

画像を見たケルジャコフは、両眼を見開いた。ロシアの諜報員が携帯している通信機器や小道具は時代遅れである。そのうえ、ケルジャコフは現場を離れて数年経つ。現代のヒューミントには付いていけないのだろう。

「脱出するぞ」

夏樹は一階まで降りると、再び駐車場に出た。

コートを着た二人の男が、夏樹らが乗ってきたベンツの脇に立っている。男の一人がこちらを見るなり銃を抜いた。車のナンバープレートを確認していたようだ。

「いたぞ！」

別の男も声を上げて銃を抜いた。

「何！」

ケルジャコフは慌てて腰を屈《かが》めた。

男たちが発砲。

「遅い！」

夏樹はケルジャコフを突き飛ばして近くの車の陰に転がすと、グロックを抜いてベンツの手前にいる男の眉間《みけん》を撃って走った。別の男が発砲しながらベンツの後ろに隠れる。

夏樹は男が隠れるのを予測して駆け寄り、ベンツのボンネットを蹴《け》って高く飛んだ。ベンツの陰に隠れた男が驚愕《きょうがく》の表情をしている。男の顔面を撃ってそのまま路上で受け身を取って起き上がった。

「来い！」

夏樹はケルジャコフに手を振ると、運転席に乗り込だ。

5

午後九時四十分。

夏樹は、ワルシャワの中心部を東西に抜けるプロスタ通り沿いの〝ザブカ〟というスーパーマーケットの前でタクシーを停めた。

片側二車線だが、中央に路面電車の上下線があるため、見通しの良い大通りとなっている。歩道にはスーパーマーケットから出てきた買い物客が、散見できるものの人通りは少ない。大通りには違いないが店舗は少なく、繁華街というほどでもないからだろう。

「行くぞ」

周囲を見回した夏樹は、タクシーを降りた。

「待ってくれ」

ケルジャコフが足を引きずりながら降りてきた。ビルホヴヴツカ・ホテルから脱出する際、夏樹が押した拍子に足を挫《くじ》いたのだ。足首が腫《は》れていたので演技でないことは確認済みである。足首をテーピングし、応急処置はした。足手まといにはなったが、一人で逃走する心配はなくなったのでかえって都合がいい。

「急げ！」

夏樹はケルジャコフをチラリと見ると、スーパーマーケットに入って行く。閉店時間は二十二時なので急いでいるのだ。

「人使いが荒すぎる。冷たい狂犬というコールネームの意味が分かるよ」

ケルジャコフは文句を言いながらも付いてくる。

夏樹はスーパーマーケットに入り、後方を確認した。ＦＳＢのベンツは郊外のスキエルニエビツェで乗り捨てて近郊電車Ｒ１に乗って途中下車し、タクシーでやってきた。

何度も乗り換えることで尾行がないか確認した。ロシアに入る前にFSBを完全に振り切らない限り、安全は確保できないからだ。

夏樹は買い物客に交じって通路を進み、スタッフ専用の出入口の前に立った。ドア横に四桁《けた》の暗証ドアロックがある。夏樹はボタンを押して解除し、スタッフ用の通路を抜けた。建物から出ると、隣接したビルとの間にある中庭で立ち止まる。

「まったく、用心深い話だ」

ケルジャコフが苦笑した。

「おまえが、不用意にFSBの追手を引き付けるからだ」

夏樹は冷たく言い放つと中庭にある下水道の蓋《ふた》を外し、鉄製の梯子《はしご》を下りた。

下水道は南北に続いている。途中の梯子を上ればプロスタ通りの一本南のパンスカ通り沿いのビルに出られると梁羽から聞いていた。

「それにしても、冷たい狂犬が中国のスパイの身分を詐称するとは、いい度胸をしている。本当に大丈夫なのか？　こんなところで死にたくはないからな」

ケルジャコフは夏樹の後を歩きながらぶつぶつと言っている。

「口を閉じていろ」

夏樹は振り返ってケルジャコフを睨《にら》みつけた。

ケルジャコフはパニックルームにしていたホテルの部屋に隠してあったパスポートと金を手にしたら、ワルシャワからベラルーシ経由の列車で移動するつもりだったらしい。

直通なので所要時間は二十五時間ほどである。国境の検札も緩いと思っていたらしいが、ベラルーシもロシアもウクライナ侵攻で戦時下にあるため厳しくなっている。直通列車も運行しているか怪しいものだ。

ＦＳＢも鉄道を使っての侵入は警戒しているだろう。夏樹はリスクが高すぎると、ケルジャコフを説得して飛行機の移動に変更した。

どのみちパスポートは新たに作る必要があるため、ワルシャワにある中国諜報《ちょうほう》機関の安全的家に向かっているのだ。ケルジャコフには、ワルシャワの安全的家は事前にハッキングし、紅龍という偽名で使うと言ってある。正式に紅龍という身分が使えるとはさすがに教えられない。

ポーランドにはこれまで縁がなかったので、梁羽に問い合わせて紹介されている。また、事前に紅龍である夏樹が、訳ありのロシア人を連れて行くと梁羽から連絡を入れてもらった。同行するロシア人は暗殺される恐れがあると教えてあるので、店の正面からではなく安全的家の脱出経路から入るように指示されたのだ。

また、新たな情報として、パリでナタリーを襲撃した人民解放軍総参謀部・第三部には、手を引くように上層部から命令が降りたそうだ。どうやら習近平はロシアのウクライナ侵攻に腹を立てて、プーチンと距離を置きたいらしい。そのため、今後は中国の諜報機関から邪魔をされる恐れはなくなったようだ。

四十メートルほど先の梯子を上ると、頭上の蓋が勝手に動いた。下水道にセンサーか監視カメラがあるのだろう。

「お待ちしておりました。陳小文《ちんしょうぶん》と申します」

スーツを着た若い男が中国語で言った。

「紅龍だ。こちらは、アレクサンドル・ママエフだ。よろしく」

夏樹は男と握手をすると、梯子で手間取っているケルジャコフを引っ張り上げた。梁羽から中国に協力するロシア人スパイだと説明してあるらしい。中国は同盟関係を結んでいるロシアにも大量の工作員を送り込んである。現地にロシア人スパイもいるので、怪しまれることはないのだ。

二人が出たところは、パンスカ通りに面した〝北京楼《ペキンろう》・パンスカ〟という中華レストランの倉庫である。十八平米ほどで、スチール棚に中国語で印刷された段ボール箱が積み上げてあった。下水道の出入口は後から作った物らしい。マンホールの蓋ではなく、鉄板に床材を貼って偽装してある。

「こちらです」

陳小文は倉庫のドアを開けて夏樹らを廊下の向かいの部屋に案内した。二十平米ほどの部屋で机とソファーが置かれている。

「いらっしゃいませ。主人の陳聖龍《せいりゅう》です」

陳聖龍は夏樹らにソファーを勧めた。陳小文は、息子だと聞いている。

「さっそくだが、ロシアに入国するためのパスポートを作って欲しい。その前に彼のメイキャップがしたい」

夏樹はソファーに腰掛けて言った。

ケルジャコフは夏樹の隣りにおとなしく座っている。会話は中国語なので理解できないのだろう。

「あなたのような特殊メイクができるような道具は、当方ではご用意できませんが」

陳聖龍は頭を掻《か》いて、傍の息子と顔を見合わせている。夏樹は紅龍という身分を得てから何ヶ国もの安全的家を利用した。その度に違う顔をしている。いつの間にか変装の名人として名が通っているらしい。

「心配するな。小道具は持ち歩いている」

夏樹はジャケットの下に隠し持っていたポーチを出した。

トランジット

1

二月二十六日、午前十時五分。ウィーン国際空港。

夏樹はエアーラウンジのソファーに腰を下ろし、コーヒーを飲んでいた。

ワルシャワ・ショパン空港六時五十分発のオーストリア航空の便に乗り、八時十分に到着している。トランジットは三時間ほどで、ドーハのハマド国際空港を経由し、モスクワのシェレメーチェヴォ国際空港に向かう。

特殊メイクで七十代に老け込んだケルジャコフが、少し離れたソファーに座っている。夏樹がワルシャワの〝北京楼・パンスカ〟で、特殊メイクを施した。足を痛めていることもあるが、ステッキを持たせているので外観からはケルジャコフとは判断できないだろう。

夏樹も瞳《ひとみ》を薄い緑色にするなどパーツを変えてスラブ系の顔にしている。改めて顔写真を撮って〝北京楼・パンスカ〟で、ロシア人のパスポートと身分証明書、それに運転免許証も作らせた。

二人で一緒に行動しないようにし、ケルジャコフに尾行がないか常に監視は怠らない。今のところ、追跡者の姿は見ていない。細心の注意を払って行動してきたのでFSBの追跡チームも手掛かりすら見つけられないだろう。

レオナが三人の部下を引き連れてかなり距離を取って付いてきている。MI6の特殊任務チームだけにボロは出していない。列車での移動を避け、わざわざトランジットで時間が掛かる飛行機での移動にしたのは、安全性の問題もあるがレオナのチームの態勢を整える時間が必要だったからだ。

また、移動の中継地ではブルートゥースイヤホンをして常に連絡が取れるように新たに指示されている。

腕時計で時間を確認した夏樹は、搭乗口に向かうべく空になったコーヒーカップをテーブルに置いた。ハマド国際空港行きのカタール航空便は、十一時二十分発なのだ。

「むっ」

夏樹は眉《まゆ》を顰《ひそ》めた。

スラブ系の男がスマートフォンを見ながらケルジャコフの前を通り過ぎた。同じ男が十分ほど前にも現れているのだ。男はケルジャコフをチラリと見て遠ざかった。

ケルジャコフには、追跡者を混乱させるために、必ず同じような背恰好《かっこう》の男を見つけて傍にいるように言ってある。二度も現れたのは、特殊メイクをしているケルジャコフが本人か絞りきれないからだろう。男たちがFSBとは限らないが、どこかの組織にケルジャコフは嗅《か》ぎつけられた可能性がある。

夏樹はスマートフォンで航空券予約サイトアプリを立ち上げた。経由地をドーハではなく、カイロに変更しようと思ったが、直近の十一時十分発のオーストリア航空の便は満席なのだ。カイロ行きは便数が少ないからだろう。

「私だ。今からカイロ行きの二人分の航空券をとって欲しい。満席なんだ」

夏樹は森本に電話を掛けた。彼なら航空会社のサーバーをハッキングして二人分の航空券を無効にし、夏樹らにチケットを発行してくれるはずだ。

――了解です。

森本は即答した。

「頼んだぞ」

現在使っている夏樹とケルジャコフの偽名を暗号メールで送った。このままハマド国際空港経由でモスクワに入れば、敵の思う壺《つぼ》である。とりあえず、経由地を変えて敵の出方を見るべきであろう。

夏樹は舌打ちをした。三人の男が、ケルジャコフの前に立ったのだ。

サングラスを掛けた真ん中の男が、ケルジャコフの肩を摑《つか》んで耳打ちをした。

ケルジャコフは首を振った。

だが、男が笑みを浮かべてケルジャコフの胸を突くと、他の二人の男が両脇からケルジャコフの腕を摑んで立たせた。右脇の男がケルジャコフの腰の辺りに手を突きつけている。掌《てのひら》にPSS－2を隠し持っているのだろう。

夏樹は、ゆっくりと立ち上がった。

ポケットのスマートフォンが鳴った。メールの着信音である。歩きながら確認すると、森本からのメールで、カイロ行きオーストリア航空便の航空券の確認番号が、二つ送られてきた。これで自動チェックイン機で発券できる。

「こちらボニート。ホワイトイーグル、応答せよ」

夏樹はブルートゥースイヤホンをタップし、レオナを無線で呼び出した。

――こちら、ホワイトイーグル。

レオナが応答した。

「アンクルが、連れ去られた。これから奪回する」

夏樹はケルジャコフらに従ってラウンジを出た。アンクルとはレオナらと共通のケルジャコフのコールネームである。

――こちらでも、確認した。我々で対処できるが、どうする。

「手出し無用。第三の力が働けば、私まで怪しまれる」

――了解。いつでもサポートできる。連絡をして。

レオナの溜息《ためいき》が聞こえた。気の強い女性だけに傍観していることに耐えられないのだろう。

ウィーン国際空港は、自動ゲートでチケットのバーコードをスキャンして出発口に入る。その先にあるショッピングゾーンを抜けて出国審査を受けて出発ロビーに入場し、最後に手荷物検査を受けて搭乗口に向かう。

日本などの空港とは順序が逆になるのだ。また、二つあるラウンジのうちジェットラウンジは出国審査前のショッピングゾーンに、エアーラウンジは手荷物検査前の出発ロビーにある。

「失礼」

夏樹はわざと空港職員にぶつかって謝った。彼のＩＤカードを掏《す》り奪ったのだ。

ケルジャコフらは、出国審査傍にある職員用出入口を抜けて行った。サングラスの男がＩＤカードを使ったのだ。偽造カードかあるいは盗んだのだろう。

夏樹は職員用出入口にあるカードスキャナに、さきほど盗んだＩＤカードをかざして出入口を抜ける。後ろをちらりと見るとレオナらも追いかけていた。

――こちら、ホワイトイーグル。後は任せた。

レオナは戻れないことを理解したらしく、夏樹に頷《うなず》いてみせた。

「任せろ」

夏樹は出入口のドアを閉めて言った。

2

謎の男たちに連れられたケルジャコフは、ショッピングゾーンに入った。

夏樹は買い物客に紛れ、数メートルまで近付いた。

サングラスの男がスタッフ専用通路のセキュリティを解錠した。この男が、リーダーのようだ。ケルジャコフは二人の男と一緒に通路に入る際、振り返った。

ふと立ち止まった夏樹は、スマートフォンを出して壁際に寄った。ケルジャコフは夏樹の後方を意味ありげに見たのだ。夏樹はスマートフォンを見る振りをして周囲を窺《うかが》った。

「そういうことか」

鼻先で笑った夏樹は一人の男をやり過ごし、スマートフォンをポケットにねじ込んだ。男は乗客のように振る舞っているが、気配を消している。しかも、隙がないのだ。案の定、男はケルジャコフらが入ったスタッフ専用通路に消えた。彼はしんがりでサングラスの男らを見守っているのだろう。

カードスキャナに職員のIDカードをかざし、ドアを開けた。眉をピクリとさせた夏樹は、通路に入った途端身を屈《かが》める。

頭上をナイフが掠《かす》めた。先ほどのしんがりの男が、ドアの陰に隠れて待ち伏せしていたのだ。

　夏樹は振り返りざまに後ろ回し蹴《げ》りを放った。だが、男は左足でブロックすると、右手のナイフを繰り出す。攻撃が素早い。右に躱《かわ》して右パンチ、左の中段蹴り、下段右回し蹴りの連続技に男は素早く反応した。

　反撃に転じた男は、ナイフと左の拳《こぶし》を連続で繰り出す。三度払った夏樹は男の右手首を摑んで捻《ねじ》り、ナイフを奪った。男はすかさず左手を振りかぶったが、その前に男の頸《けい》動脈《どうみゃく》を切り裂いた。首から噴き出す血飛沫《ちしぶき》を避けるために男を押し倒す。

　手強《てごわ》い相手であった。男の服でナイフの刃先の血を拭《ぬぐ》い、ハンカチで包むとポケットに入れる。

　通路に人影はない。ドアがいくつかあるので夏樹はドアを一つずつ開けて確認したが、更衣室や物置などのスタッフルームだった。

　通路を走って突き当たりのドアから出ると、大勢の人が行き交う場所に出た。出発ロビーの外に出られたらしい。

　左右を窺うと、四十メートル左方向にケルジャコフらがいる。彼が足を怪我していることが幸いしたようだ。彼らは下りのエスカレーターに乗った。空港ビルから出るようだ。

　夏樹は通路を走ってエスカレーターを駆け下り、彼らに追いついた。

　ケルジャコフを連れている男たちは、振り返りもせずに歩いている。四人目の男が後ろを守っていると思っているのだろう。彼らが油断するほど、先ほどの男は強かった。ケルジャコフを連れた男たちは出口に向かっている。

夏樹は小走りに進んで、男たちの右脇を通り過ぎた。

ケルジャコフの右側の男が、数歩進んで倒れた。男を追い越した際に、脇の下の腋窩《えきか》動脈を隠し持っていたナイフで刺したのだ。

「ううっ！」

男は倒れると、呻《うめ》きながら脇の下から血を噴き出させた。確実に動脈を切断したので、一分以内に死ぬだろう。通りがかりの女性が悲鳴を上げた。

ケルジャコフは、倒れた男に引っ張られて体勢を崩す。

「大丈夫ですか！」

駆け寄った夏樹は、ケルジャコフの腕を摑んで左脇の男から無理やり引き離した。突然の出来事に男たちは対処できずに呆気《あっけ》に取られている。左脇の男は慌てて右手をポケットに突っ込んだ。持っていたＰＳＳ－２を隠したのだ。さすがにまずいと思ったのだろう。

「貴様！」

先を歩いていたサングラスの男がジャケットに右手を伸ばした。この男は躊躇《ちゅうちょ》なく銃を抜くつもりらしい。

「おい！　銃を持っているぞ。警官を呼んでくれ！」

夏樹はサングラスの男を指差して大声で叫んだ。

サングラスの男と左脇の男が顔を見合わせて足早に立ち去った。

周囲に集まってきた野次馬が、自分のスマートフォンを出し、虫の息になった男を撮影しはじめた。誰も介抱しようとしないのは、大量の血を流す男が助からないと素人でも分かるからだろう。

夏樹はケルジャコフを連れて野次馬の外に素早く抜け出した。ケルジャコフの足の状態はかなりよくなっているらしい。足を引き摺《ず》りながらも走っている。ゆっくり歩いていたのは、時間を稼ぐためだったのだろう。

「遅かったじゃないか」

ケルジャコフは不敵に笑った。

「馬鹿者が」

夏樹は上りのエスカレーターに乗って、出発ロビーに向かった。

「おいおい。怒っているのか？　しょうがないだろう。銃を持った男に脅されたんだぞ。だが、あんたが助けてくれることが分かっていたから落ち着いて行動できた」

ケルジャコフは強がりを言っている割には、青白い顔をしている。

「何を隠している？」

夏樹は肩を摑《つか》んで力を込めた。

「早くここを離れよう。まだ、二人残っているだろう。あいつらは、必ず追ってくるぞ」

ケルジャコフは振り返って一階のフロアを見つめている。彼を連れ去ろうとした残りの二人は、とっくにいなくなっているのだ。

「何者だ？　ロシア人か？」

夏樹は首を捻《ひね》った。野次馬に顔を見られた男たちが戻ってくるとは思えない。工作員ならなおさらのことだ。

「サングラスを掛けた男を知っているのだ。もう、私はお終《しま》いかもしれない」

ケルジャコフが怯《おび》えた目つきになった。何が、老練の諜報《ちょうほう》員を震え上がらせるというのだろうか。

「知り合いか。勿体《もったい》ぶるな。教えろ」

夏樹は低い声で尋ねた。

「……アルファ部隊だ」

ケルジャコフは小さな声で答えた。

「やつらは、アルファ部隊なのか」

夏樹は渋い表情になった。アルファ部隊とは、ＦＳＢの前組織であるＫＧＢ時代からある特殊部隊である。隊員の全員が将校で戦闘能力はロシア最強とまで言われている。

「一人いや、後ろにいた男もあんたが殺したのなら大変なことになるだろう。あいつらは執念深いぞ」

ケルジャコフは首を横に振った。

「とりあえず、ここを立ち去る。付いてこい」

夏樹は第三ターミナルに向かった。

3

午後三時三十五分。カイロ国際空港。

ウィーン国際空港十一時十分発のオーストリア航空機が、砂漠に囲まれた滑走路に降り立った。

白く塗装された機体が、乾き切った誘導路を進んで第三ターミナルにゆっくりと近付く。

「無事ついたな」

窓際のケルジャコフが空港周辺の砂漠を見てしみじみと言った。

「安心するのは早いぞ」

夏樹は冷たく答えた。

ウィーン国際空港から脱出した二人は、新たにチケットを得た便でやってきたのだ。一緒に活動していたレオナらＭＩ６のチームには、行き先を告げずにウィーンを離れた。尾行を警戒し、細心の注意を払ってワルシャワを離れたにもかかわらずウィーンにロシア最強のアルファ部隊が送り込まれた。情報漏洩《ろうえい》の可能性もあるため、それがはっきりするまではレオナらに連絡するつもりはない。

また、位置を悟られないようにスマートフォンの電源も切っている。今頃、レオナは必死に探しているだろうが、空港で敵に遭遇したことは知っているので夏樹の行動も理解しているはずだ。

二人はボーディングブリッジを渡って第三ターミナルに入り、入国審査の前に〝Travel Choice/visa stamp〟というカウンターで二十五米ドル支払って観光ビザを取得する。

「この国は、開放的だな」

入国審査を終えたケルジャコフは、偽造パスポートを手に笑った。空港職員がマスクをしていないことを言っているようだが、急場で作ったパスポートが通用したことに安《あん》堵《ど》を覚えているのだろう。

「旅行気分か？」

周囲を見回した夏樹は鼻先で笑った。今のところ、異常はなさそうだ。

「観光客の振りをしているだけだ。それより、いったい、どこに行くつもりだ。トランジットじゃないのか？」

ケルジャコフはステッキを突きながら付いてくる。彼には単純にウィーンを脱出するためにカイロ経由にすると言ってあるだけだ。

「黙って付いてこい」

夏樹は不快感を隠そうともせずに言った。ケルジャコフは何かに付けて話しかけてくる。諜報員といっても十人十色だが、夏樹は普段から無駄口を一切叩《たた》かない。いつもは単独で行動しているので、話す必要もないのだ。

だが、ケルジャコフは常に口を開いている。ベルリンのレストランで食事中リアーヌ相手によく話をしていたのは演技ではなかったらしい。話好きの中年男というのが、ケルジャコフの素なのだろう。まあ、冷たい狂犬という不名誉なコールネームを付けられるよりはましかもしれない。だが、夏樹が無視しても一人で話しているのでうんざりしているのだ。

「タクシー、タクシー！」

「ダウンタウンまで、百（エジプト）ポンドね」

「お客さん。タクシー乗るなら、こっち！　こっち！」

空港の出口に出ると、タクシーの運転手と思われる男たちが、車の傍で片言の英語を張り上げながら手を振る。この手はぼったくりと思ってほぼ間違いないだろう。

「おい、おまえ。ダウンタウンまで行ってくれ」

夏樹はおとなしそうな顔をした男にアラビア語で言った。海外のタクシーでぼったくりに遭わないようにするには、現地の言葉を話すことだ。

「わっ、分かりました」

男は驚いたようだが、素直に頷《うなず》くと緩慢な動作で運転席に座った。

夏樹は先にケルジャコフを後部座席に乗せてから乗り込む。

タクシーはエアーポート・ロードを進み、そのまま高速道路のエル・オルバに入った。途端に交通量が増える。カイロは人口の急増とそれにともなう自動車の増加に対して道路整備が追い付いていない。交通渋滞の慢性化に対処すべく、日本が協力する地下鉄をはじめとしたインフラの整備が進められている。

運転手はサラー・セーラム・ストリートで一番右の車線に変更した。次の交差点で右折して十月六日橋通りを進むつもりらしい。だが、幹線道路は常に渋滞している。

「真っ直ぐ行ってくれ。渋滞を避けたい」

夏樹は運転手に指示した。

「サラー・セーラム・ストリートをまっすぐ行けば、かえって時間が掛かりますよ」

運転手はバックミラー越しに答えた。サラー・セーラム・ストリートも結局ナイル川の手前で十月六日橋通りに接続しているため渋滞していることは分かっている。

「途中で旧市街地を抜けて、新市街地からカスル・アル・ナイル橋を渡るのだ。道が分からなければ教えてやる。それとも運転を代わるか?」

夏樹は淡々と言った。住宅街を抜ける裏道を通るつもりだ。渋滞で車が停止した際に襲撃されたら防ぎようがない。それよりも住宅街を縫うように走った方が安全である。

「分かりました」

運転手は苦笑いを浮かべて答えた。裏道を通って目的地に早く着いたら儲《もう》からないからだろう。

「この街で任務をこなしたことがあるようだな。私はロシア語以外、ドイツ語と英語だけだ。だから海外の活動はドイツだけだった。いったい何ヶ国語を話せるんだ？」

ケルジャコフはロシア語で話した。運転手はロシア語が分からないと思っているのだろう。

「数えたことがない。生まれつき耳がいいんだ」

夏樹は、ウィンドウの外の景色を見ながら言った。随分昔の話だが、一ヶ月ほど仕事でカイロに滞在したことがある。アラビア語は必要性を感じて独自に学習した。

タクシーはカスル・アル・ナイル橋を渡って中州であるゲズィーラ島を抜け、ナイル川の西岸ギザ県に入った。

「その角で停めてくれ」

夏樹はモサダ通りでタクシーを停めると、チップを払って車を降りた。

周囲を窺《うかが》うと、足早に近くのまだ新しい五階建ての〝十月六日市民健康病院〟に入る。

十月六日市はピラミッドがあるギザ県の県庁所在地である。カイロでは〝十月六日〟というフレーズをよく見かけるが、十月六日が第四次中東戦争開戦日であり、サダト大統領が一九八一年に暗殺された命日でもあるからだろう。

サダト大統領は、イスラエルと単独和平を結んだことで一九七八年にノーベル平和賞を受賞したが、それがアラブ諸国とイスラム教徒への裏切りと見なされたことが暗殺の原因だった。

「ベルナール・エンリケです。モハメド院長に取り次いでもらえますか?」

夏樹は受付の女性に尋ねた。

「伺っています。院長は五階の院長室でお待ちかねです」

女性は右手にあるエレベーターホールを指差した。

「ありがとう」

夏樹は笑顔で会釈した。

4

「この病院で検査するというが、安全性は問題ないのか?」

エレベーターを待っていると、ケルジャコフは小声で尋ねてきた。タクシーに乗ってからカイロに来た目的は、彼の全身をスキャンニングするためだと教えてある。

「院長は、元は同業者だ。少々恩を売ってある。口は堅い」

夏樹は簡単に説明した。モハメドは、エジプトの情報機関である総合情報庁の諜報員《ちょうほう》であった。十数年前の話になるが公安調査庁から派遣された夏樹は、日本の政治家を殺害してエジプトに逃亡した犯人の捜査でカイロに一ヶ月ほど滞在したことがある。

殺人犯の捜査に警察ではなく公安調査庁が対処したのは、特別な理由があった。犯人が殺害された政治家の政策秘書で政府の極秘書類を持ち逃げしたからである。カイロに潜伏した犯人を逮捕するのにモハメドには世話になった。以来、定期的に情報交換をしている。

五年前、夏樹はモハメドが総合情報庁を退官する際に百万米ドル分のビットコインをお祝いに贈っている。彼は副局長まで上り詰めていたので、引退後も総合情報庁にパイプを持つことは分かっていた。中東における情報源にするには打ってつけの人物だったのだ。贈与したのは北朝鮮がハッキングで世界中から違法に集めた一千万ドルのビットコインの一部で、森本にハッキングさせて盗んだものである。

モハメドはその金を元手に起業して成功し、病院や大学の経営も始めるようになった。彼は総合情報庁のパイプを利用するだけでなく、政財界の後ろ盾も得たらしい。

夏樹とケルジャコフはエレベーターで五階に上がり、正面のドアをノックした。この病院は二年前に建てられ、最上階はモハメドのプライベートエリアになっているそうだ。元手が百万米ドルあったとはいえ、五年間でよく稼いでいる。

ドアが開き、口髭《くちひげ》を生やした年配の男が顔を覗《のぞ》かせた。高級なスーツを着たビジネスマンである。

「ご無沙汰《ぶさた》しております。ムッシュ・エンリケ。どうぞ、お入りください」

モハメドは丁寧に会釈して二人を招き入れた。彼は夏樹の本名を知っている数少ない同業者であるが、五年前に彼に融資したベルナール・エンリケとして接している。

五十平米ほどの部屋にクラシックな木製のデスクとソファーセットと暖炉まである。カイロの冬は確かに寒い。だが、十度を切ることは珍しい。空港を出るときは十八度あった。

右の壁面は天井近くまで高さがある本棚があり、左にはバーカウンターがある。院長室と呼ばれているが、贅沢《ぜいたく》な北欧の貴族の屋敷のようだ。そもそも、モハメドは病院のオーナーかもしれないが、医者ではない。院長という肩書きが欲しかったのだろう。

「さっそくだが、彼の全身を調べてほしい。どこに行っても位置が敵に知られてしまうのだ。体内にGPSチップが仕込まれている可能性があると思う」

夏樹はソファーに座ると、これまでの経緯をかいつまんで説明した。

「私もロシアのGPSチップのことは知っていた。中国製で高性能と聞いている。だが、私自身は、体内にインプラントされた記憶がないのだ」

ケルジャコフは肩を竦《すく》めると、ソファーに腰を下ろした。

「なるほど。本人の記憶がないのなら、麻酔をかけられて意識がない時に埋め込まれたかもしれませんね。さっそくMRIで検査しましょう」

モハメドは、デスクの内線電話でスタッフに連絡をした。

「もし、私の体にGPSチップがインプラントされていたら、私はずっと監視されていたことになる。つくづくロシアという国が嫌になってきたよ」

ケルジャコフは大きな溜息《ためいき》を吐いた。

「ＭＲＩ検査室は二階にあります。私がお連れしましょう」

モハメドは夏樹らを二階の検査室に案内した。

検査着に着替えたケルジャコフは、ＭＲＩ検査室のベッドに横になった。

夏樹とモハメドは検査室内がガラス越しに見えるコントロールルームに入る。

「厄介な男を拾ってきましたね。いつ始末するんですか？」

モハメドは機器を操作する技師に聞こえないようにフランス語を使って小声で言った。彼は他人に聞かれたくないときは、決まってフランス語で話す。レパートリーはアラビア語以外は、フランス語と英語だけなのだ。

「あの男次第だ。迷惑をかけたな」

夏樹は小さく頷いた。仕事だからと、進んで人を殺すことはない。「冷たい狂犬」というコールネームまで付けられているが、殺人を楽しむわけではないのだ。だが、必要に迫られれば躊躇《ちゅうちょ》はしない。

「迷惑だなんて。頼って頂けて、むしろ感謝していますよ」

モハメドは夏樹を見て、笑った。借りが大きすぎて居心地が悪いのだろう。

夏樹は苦笑した。百万米ドルは高い投資ではあったが、懐を痛めたわけではない。同じ要領で夏樹は、北朝鮮が盗み出したビットコインを利用し、様々な人物に投資している。北朝鮮に泡銭《あぶくぜに》を渡せば、冷酷な首長が国民の飢えも顧みずにミサイル開発に使うだけだ。彼らの資金を横取りすることは世界平和にも繋《つな》がる。

一時間半後、検査を終えたケルジャコフの体内からカプセル状のGPSチップが摘出された。脊髄《せきずい》に近い場所にインプラントされており、外科医でなければ取り出すことは不可能な場所であった。

ケルジャコフによると三年前に交通事故で入院したことがあるらしい。だが、足を骨折しただけで手術もしていないという。睡眠中に麻酔薬で眠らされてインプラントされたようだ。退院後に腰痛に悩まされたそうだが、事故のせいではなくインプラントによる痛みだったに違いない。

夏樹は手術室がある二階の待合室のテーブル席で、コーヒーを飲みながら手術が終わるのを待った。待合室といっても飲み物を出すカウンターがあり、テーブル席やソファー席もあるカフェスタイルである。贅沢な造りの病院ということで、エジプトだけでなく中近東の金持ち層に人気だそうだ。

待合室に顔を見せたモハメドは、夏樹の向かいの席に座った。

「解析もしましたので、こちらで破壊しておきましょうか？」

モハメドは、ハンカチに包んだ金属製のケースを見せて尋ねた。電波を遮断する特殊なケースなのだろう。ちゃっかり、GPSチップを調べたようだ。エジプトの情報庁に得られたデータを渡すのだろう。

「そのケースごともらおうか」

夏樹はケースをハンカチごと受け取り、ジャケットのポケットに収めた。お互い指紋を付けないように気を遣っているのだ。

「院長」

カウンターから出てきたスタッフが、テーブルにコーヒーを置いていった。セルフサービスのカフェだが、院長は特別なようだ。

「手術を終えたケルジャコフは、三階の個室に移しました。言われたように処置し、無理をしなければ、今日の夜にでも退院できるそうです」

モハメドはコーヒーを啜《すす》った。

5

「いつの間にか、こんな時間に。お食事でもいかがですか？　近くに美味《おい》しいエジプト料理店があるんですよ」

モハメドは待合室の壁掛け時計を見て言った。午後七時二十分になっている。昔話をして時間が過ぎた。もっとも、モハメドが話すのに夏樹は相槌《あいづち》を打っていたに過ぎない。

「気を遣う必要はない」

夏樹は自分の腕時計で時間を確認した。モハメドは同業者の中では、珍しく気を許した人物と言ってもいいだろう。誘いを断るのは気が引けるが、他人の前で食事を摂《と》るのはなるべく避けているのだ。

ポケットのスマートフォンが呼び出し音を上げた。

「今、どこにいる？」

夏樹は微《かす》かに右口角を上げた。レオナからの電話である。「GPS、チップ発見」とスマートフォンで暗号メールを送っていた。また、スマートフォンの電源を入れたことで、夏樹の位置も特定したはずだ。

——十月六日市民健康病院が見える位置にいる。

レオナは不機嫌そうな声で答えた。諜報《ちょうほう》員のくせに彼女は、感情を隠そうとしないことがある。

「たいしたものだ」

苦笑した夏樹は小さく頷《うなず》いた。レオナはウィーン国際空港の監視カメラを調べて夏樹らを発見し、チケットの記録でカイロ国際空港まで辿《たど》ってきたのだろう。カイロへの直行便はすぐになかったのでチャーター便か、英国の軍用機を使ったはずだ。また、カイロに着いてからは、エジプト在住のＭＩ６の諜報員が車や武器を提供するなどのサポートをしているのだろう。こんな時、英国の底力を感じさせられる。

——それで、どうなっているの？

「発信機を取り出したアンクルは、今、個室で休んでいる。意外と厄介な手術だったそうだ。局所麻酔だったが、数時間は動けないだろう。今日は市内のホテルに泊まるつもりだ」

——移動の便名が分かったら教えて。

口調は命令形だ。

「その前に頼みたいことがある。受付まで来てくれ。渡したい物がある」

彼女ならこれだけの会話で何をすべきか分かるはずだ。

——了解。小さな物かしら？

レオナは確認のため聞き返してきた。彼女は受け取る物がGPSチップだと理解しているようだ。

「そういうことだ」

夏樹は答えると、通話を切った。

レオナらは病院の場所を夏樹のスマートフォンの位置情報で辿ったのだろうが、アルファ部隊はケルジャコフのGPSチップの信号ですでに把握しているはずだ。未《いま》だに接触してこないのは、位置を特定してもカイロに到着していないからだろう。一刻も早く、この場所からGPSチップを移動させる必要があるのだ。

夏樹は階段を駆け下りて受付カウンターの横にある柱の陰に立つと、無線機のスイッチを入れて耳にブルートゥースイヤホンを差し込んだ。

「こちら、ボニート。ホワイトイーグル、応答せよ」

夏樹は無線機のテストも兼ねてレオナを呼び出した。直接会うと連絡したので、無線機をオンにしているはずだ。

──こちら、ホワイトイーグル。どうぞ。

やはり、彼女はすぐに答えた。

「受付で内科のハッサン医師の診察室の場所を聞いてくれ。『廊下をまっすぐ進む』と言われるはずだ。指示に従う振りをして廊下を進んで、二つ目のドアの部屋に入ってくれ」

二つ目のドアは、掃除道具が入った物置になっている。物置と言っても二十平米ほどの広さがあり、密談にはもってこいの場所なのだ。

──診療時間は終わっているでしょう？　怪しまれない？

「同じことを受付の女性は聞くだろう。その時、ウインクすれば、大丈夫だ」

──了解。その医者、ドスケベっていうことね。

「そういうことだ」

ハッサン医師は患者にまで手を出すほど手癖が悪いと聞いている。夏樹はケルジャコフの検査と手術の間、モハメドだけでなく看護師からもこの病院の様々な情報を得ていた。襲撃の可能性がないとは言えないためにあらゆる情報を得る必要があるからだ。

レオナは無線の応答を終えると同時に、病院のエントランスに入ってきた。

夏樹が柱の陰に立ったのは、彼女の尾行の有無を確かめるためだ。

「内科のハッサン医師の診察室は、どちらに行けばいいんですか？」

レオナは受付カウンターの前に立ち、指示通りにするといきなりウインクをした。理解力が早い女性である。

「……左手の廊下を真っ直ぐに進んでください」

受付の女性の顔は見えないが、彼女の反応は想像がつく。溜息《ためいき》まで聞こえそうだ。

「ありがとう」

レオナは受付を離れ、夏樹の脇を通り過ぎて行く。

夏樹はレオナの後ろ姿を見送り、彼女が二つ目のドアを開けて中に入ると後を追った。

「こんなところに呼び出していけないことをするつもり？」

振り返ったレオナは、体をすり寄せて夏樹の首に右手を絡ませてきた。夏樹が反応しないことが分かっているので、からかっているのだろう。

「そんな趣味はない」

夏樹は冷たく答えると、例の金属製のケースを渡した。

「つまらない男。中身は摘出したGPSチップね。運送会社のトラックの荷台にでも投げ込んでおくわ」

レオナはケースを軽く振って見せた。

「うん！」

夏樹は眉《まゆ》をピクリとさせると、レオナも眉間《みけん》に皺《しわ》を寄せた。銃声が聞こえたのだ。

――こちら、ホワイトパンサー。武装集団と交戦中。

レオナの部下であるグリフォルからの無線連絡だ。

「襲撃！」

レオナが銃を抜いてドアに手を掛けた。

「私に従え」

夏樹はレオナをドアの前から下がらせた。

6

午後七時三十分。

夏樹は物置のドアを僅《わず》かに開けて廊下を窺《うかが》うと、バラクラバを被《かぶ》った黒尽くめの武装集団が突入してきた出入口ではなく奥へと進んだ。

グリフォルの報告では、病院前に横付けされた二台のハイラックスから八人の自動小銃で武装した男たちが飛び出してきたらしい。エントランスにいた二人の武装警備員が応戦し、グリフォルらも男たちの側面から銃撃した。そのため、銃撃犯は病院前の車の陰まで撤退して銃撃戦になっているようだ。

モハメドは軍事経験がある腕利きを警備員として五人雇っている。しかも、襲撃に備えるように準備させていた。そのため銃撃犯に対処できたようだ。

最初の攻撃で警備員の一人が頭部を撃たれて死亡したらしい。だが、すぐさま新たに三人の警備員が自動小銃を手に駆けつけたため、今のところ武装集団の侵入を許していないようだ。

夏樹とレオナは廊下の突き当たりを左に曲がり、職員用のエレベーターの前で立ち止まった。

「さっき渡したケースを返してくれ」

夏樹は廊下を窺いながら言った。

「まさか」

レオナが不安げな表情を見せながらポケットからケースを出した。

「ケルジャコフのところに行け」

夏樹はドアが開いたエレベーターにレオナを乗せた。この先は一人の方が動きやすい。ケースからGPSチップを取り出し、ポケットに入れた。廊下を右方向に進んで裏口から出ると、隣接するビルとの隙間とも言える狭い通路に出る。

通路を抜け出た夏樹は、隣りの建物の角からモサダ通りの様子を窺った。

中央分離帯を隔てて片側二車線ある見通しがいい通りである。病院の正面に二台のハイラックスが停められており、その後ろで六人の重武装の男たちが銃撃している。二人の男が、ハイラックスの前に倒れていた。グリフォルらは、三十メートルほど離れた反対車線に停められているワーゲンゴルフの陰にいる。

「借りるぞ」

道を渡った夏樹はワーゲンゴルフの運転席に乗り込むと、アクセルを踏んだ。

「まっ、待て」

グリフォルは弾除《たまよ》けがなくなり、慌てて近くの路地裏に飛び込む。

夏樹は二十数メートル先の交差点でタイヤを鳴らしながらUターンし、反対車線に入った。

ハイラックスの後ろに隠れている男の一人がワーゲンゴルフに気付き、銃撃してきた。銃弾がフロントガラスに命中する。夏樹はかまわずハイラックスに突進し、六人の男たちを撥《は》ね飛ばした。

二人の男が起き上がると、ハイラックスに乗り込んで走り出す。夏樹はハイラックスの右側に回り込むと、ハンドルを切ってハイラックスに体当たりをする。するとハイラックスが押し返してきた。

夏樹はハンドルを切ると同時にサイドブレーキを踏んでわざと車をスピンさせて停止した。ハイラックスは猛スピードで走り去って行く。夏樹はハイラックスが見えなくなるのを待って、車をUターンさせて病院に戻った。

病院の前に車を停めて運転席から降りた。

「大丈夫ですか？」

グリフォルが駆け寄ってきた。

「怪我はない」

夏樹は淡々と答えると、病院の正面玄関に向かった。今になってパトカーのサイレンが聞こえる。もっとも警察官では対処できなかっただろう。

エントランスに足を踏み入れると、医師が怪我人の応急処置をしていた。ストレッチャーに乗せられている怪我人もいる。受付カウンターは銃撃で蜂の巣状態だ。武装警備員がいなければ、被害はこれではすまなかっただろう。

わざと車をぶつけたのはGPSチップを荷台に投げ込むためである。その後、スピンさせたのは故障とみせかけ、連中を油断させるためだ。そもそも脱出させるために二人の男には手心を加えて車をぶつけた。あえて逃し、泳がせたのだ。

モハメドがGPSチップを解析している。そのデータを貰《もら》えば、追わずとも位置情報が分かるはずだ。あとはエジプトの総合情報庁が始末してくれるだろう。

レオナが肩を落としてエントランスに現れた。

「どうした？」

夏樹は首を傾げた。

「ケルジャコフに逃げられたのよ」

レオナが吐き捨てるように言った。銃撃戦のどさくさに紛れて脱出したらしい。一流の諜報員《ちょうほういん》ならそれができて当然だが、手術後のため動けないと思っていた。ケルジャコフは年齢の割に体力があるようだ。

「意外と頑張るな」

鼻先で笑った夏樹は、スマートフォンを出してレオナに見せた。追跡アプリの赤い点が動いている。モハメドにケルジャコフのGPSチップを摘出し、別のGPS発信機を埋め込むように頼んであったのだ。サイズはGPSチップよりも大きいが、手術後の痛みのためにケルジャコフは気が付かないだろう。

「どういうこと？」

レオナが首を傾げた。

「すべて想定済みということだ」

夏樹は口角を上げると、スマートフォンをポケットにねじ込んだ。

モスクワへ

1

二月二十六日、午後十時五十五分。カイロ国際空港。

夏樹は第一ターミナルにあるプライベートジェット専用の〝プライベート・ラウンジ〟内のPCブースにいた。

木製のパーティションで仕切られたブースは三席だけだが、隣席との間隔も広く、個室のような空間になっている。

左隣りの席にはレオナ、右隣りの席のパソコンには故障中という張り紙がされており、誰も座っていない。というか椅子もないのだ。レオナがパソコンに張り紙をして、椅子も別の場所に勝手に片付けた。そこまでしなくてもプライベートジェットを利用する客が他にいないので、ラウンジは貸切り状態である。

「監視映像をハッキングしたのはさすがだが、天下のMI6が、空港ラウンジの間借りとはせこいな」

夏樹は独り言を言うように小声で呟《つぶや》いた。

ＭＩ６のＩＴ部門がハッキングし、空港内の監視映像をパソコンのモニターでも見られるようにした。森本に頼んでも同じことができたが、あえて手の内を見せる必要はないと任せたのだ。

――予算削減で、仕方がないの。ヒューミントは時代遅れだという政治家のせいよ。

レオナの声がブルートゥースイヤホンから聞こえる。お互い一メートルと離れていないが無線で会話していた。

――こちらホワイトパンサー。イーグル、応答願います。

グリフォルからの連絡だ。

――ホワイトイーグル。どうぞ。

パソコンを見ながらレオナが答えた。

――アンクルは、９３７便の貨物室に潜り込んだままです。ハッチが閉じられたので、間違いなく乗り込みました。

監視映像で、ある程度ケルジャコフの行動を追えたが、彼は諜報員らしく監視カメラの死角に入ることが多い。そのため、レオナの三人の部下がケルジャコフを尾行していた。夏樹は顔が知られているので、あえて彼らに任せたのだ。また、特殊メイクを変えればいいのだが、手持ちの素材が心細くなってきたという理由もある。

レオナもポーランドのガソリンスタンドで顔を見られている可能性があるため、夏樹と一緒に行動していた。とはいえ夏樹を監視するために残っているというのが本当のところだろう。

ケルジャコフは、自分の体に新たなGPS発信機が埋め込まれているとはよもや思っていないだろう。何度も移動手段を変えて空港までやって来たのだが、まんまとレオナの部下に尾行を許している。だが、さすがに航空チケットを使って正規のルートで移動するのはまずいと思ったらしい。空港職員に変装し、二十三時十五分発ドーハ・ハマド国際空港行きのエジプト航空機の貨物室に乗り込んだのだ。

――我々も移動する。全員所定の場所に集合。

レオナは部下に命じた。

パソコンモニターの監視映像が勝手に消えた。

「ケルジャコフは間違いなく、三時間後にドーハに到着するわ。行きましょう」

席を立ったレオナはラウンジを離れると通路を駆け、専用出口からエプロンに出た。

五十メートルほど先にセスナ社のサイテーション・ソヴリンC680が駐機している。

夏樹とレオナが機体に近付くと、ハッチが開いてタラップが下りた。MI6の専用機だが、英国のグローバル・サージェントという貿易会社が保有していることになっているらしい。レオナらは、ウィーンからこのジェット機で移動してきたのだ。おそらく彼女のチームは、表向きはその会社の社員ということになっているのだろう。

二人が座席に収まってから十分ほどすると、グリフォルらが乗り込んできた。彼らが監視していた第三ターミナルからは二キロも離れているので、車を飛ばしてきたのだ。

――離陸態勢に入ります。席に着いてシートベルトをしてください。

機長のアナウンスが流れ、エンジン音が大きくなる。ソヴリンC680は空港の南側にあるメイン滑走路ではなく、北側の古い滑走路に入った。

「937便が離陸したわ」

ヘッドホンを耳に当てて空港の管制塔の無線を聞いていたレオナが言った。

エンジン音が高まり、機体が押し出されるように勢いよく走り出して離陸した。

「我々の方が、早くハマド国際空港に到着するでしょう。予定時刻は、現地時間で午前三時です。ドーハの四名の現地職員が協力してくれます」

レオナはヘッドホンを外し、事務的に報告した。

「貨物室から抜け出してからどう行動するか、見ものだ」

ハマド国際空港からモスクワのシェレメーチェヴォ国際空港へは、ハマド国際空港十五時五十分発の直行便に乗るのが一番早い。だが、十二時間はドーハに留《とど》まらなければならない。慌てる必要はないのだが、油断はしないほうがいいだろう。

「モスクワには、この専用機で乗り込むことはできないわ。だから、ケルジャコフと同じ直行便に乗るしかない。また、変装するの？」

レオナは立ち上がってハッチに近い場所にあるギャレーの棚を開けながら尋ねた。彼女は専用機を使い慣れているようだ。

「ドリンクサービスはあるのか？」

夏樹はギャレーを見て冗談半分に言った。

「飲み物は、紅茶とインスタントコーヒーと、ミネラルウォーターだけ。お薦めは、アールグレーね。ドーハで食事が摂《と》れるとは限らないから食事をしましょう。メニューは、チキントマトソースパスタ、ミートボールのトマトソースパスタ、チキンシチュー、オートミール、チャーメンの五種類、全部レトルトだけど、電子レンジで温めることができるわよ。あとはクラッカーぐらいね」

レオナは金属製の棚を覗《のぞ》き込みながら言った。

「メニューを聞く限り、まるでレーションのようだな」

夏樹は鼻先で笑った。どのメニューもぱっとしない。英国のレストランでチャーメンは聞かない。傭兵《ようへい》の藤堂から、英国のレーションでチャーメンがあると聞いたことがある。見た目も酷《ひど》いが、味は「人間の食べ物ではない」そうだ。

「あらっ。よく分かったわね。英国陸軍のレーションよ。私たちは専用機の移動が多いから文句を言わずに食べている。食べないの？」

レオナは紙皿にレトルトのパッケージの中身を出して電子レンジに入れた。

「本当にレーションなのか。食べない方がましだ」

眉《まゆ》を顰《ひそ》めた夏樹は首を振った。レーションは軍人用の戦闘糧食のため、カロリーが異常に高い。MI6は今でこそ軍関係者でない職員もいるが、戦争省情報部であるミリタリー・インテリジェンスとして発足している。レオナらの立ち振る舞いを見ていると、軍事訓練を受けた経験があるようだ。軍の階級を持っているに違いない。

「贅沢《ぜいたく》を言うわね。チキントマトソースパスタは、なかなかいけるわよ。それで、ケルジャコフをどう料理するつもり？　最後まで泳がせるの？」

レオナは電子レンジから紙皿を出すと、フォークを手に夏樹の向かいの席に座った。

「最後まで」というのは、アンナを見つけるまでということだ。

「モスクワまではとりあえず、泳がせる」

夏樹は席を立ち、ギャレーの冷蔵庫からミネラルウォーターのペットボトルを取り出して席に戻った。贅沢を言うつもりはないが、多人数で仲良く食事をする行為に嫌悪感を覚える。長年単独行動を取っていた習慣がそう感じさせるのだろう。

「食事はしないのですか？」

後ろの席に座っていたグリフォルらが、夏樹に声を掛けてギャレーに群れた。昼から誰も食事を摂っていないのは同じである。

「俺に構うな」

夏樹は素気なく答え、窓から夜空を見た。

2

二月二十七日、午後一時二十分。

到着した。


夏樹を乗せたサイテーション・ソヴリン C680が、ワルシャワ・ショパン空港に
ケルジャコフを乗せたエジプト航空機はカイロ国際空港を午後十一時十五分に離陸し、予定通りハマド国際空港に午前三時五十分に到着している。

だが、ケルジャコフはなぜかモスクワ行きではなく、八時十五分発のワルシャワ行きのカタール航空機に乗り込んだのだ。

ハマド国際空港でケルジャコフのまさかの行動に夏樹らは対応が遅れた。彼と同じ便に乗ることもできず、専用機の給油や離陸許可などで手間取ったのだ。

「一時間以上も到着が遅れたわね。急いで」

レオナは席を立つと、ドアが開けられてタラップが下りるのももどかしげに駆け下りて行く。

夏樹も彼女に続いてエプロンに下りた。首筋に空っ風が絡みつく。

エジプトからカタールを経由し、気温が六度という寒空の北欧に戻ったのだ。

パトリック・ウィルナルダという現地のMI6の職員が、エプロンで出迎えていた。彼の案内で入国手続きを短時間で終え、到着ロビーを出た。面倒な手続きは一切なかったので、裏で便宜を図ったのだろう。

空港ビルの前に二台のベンツのVクラスが停められている。夏樹とレオナのチームは分かれて乗り込んだ。

夏樹がレオナの横に座ると、ウィルナルダが彼女の前に座った。四十代半ばの風采《ふうさい》の上がらない男だが、ポーランド在住のMI6の職員のチーフらしい。

全員が乗り込むと、二台のベンツはいきなりスピードを上げて走り出した。

「ケルジャコフは、入国審査の際、我々が流した偽の情報で一時的に拘束されました。あえて不完全な情報でしたので二十分ほど前に解放され、レンタカーで空港を離れました。現在、二人の部下に尾行させています。もう少し、足止めができると思ったのですが、残念でした」

ウィルナルダは、夏樹とレオナを交互に見て報告した。

彼はケルジャコフがインターポールから指名手配されているという情報を、ポーランドの国境警察に流したそうだ。だが、手配書の顔写真はケルジャコフだが指紋が違っていたため五十分後に解放されたらしい。

「ケルジャコフはビルホヴツカ・ホテルに行ったようだな」

夏樹はスマートフォンでケルジャコフの位置を確認した。追跡アプリによれば、ビルホヴツカ・ホテルに五分間留まっていると表示されている。つまり、五分前にホテルに入ったということだ。

「ご心配なく。ただいまホテルに向かっております」

ウィルナルダは神妙な顔で答えた。夏樹も特別諜報員《ちょうほういん》と聞かされているので、緊張しているようだ。

「ビルホヴツカ・ホテル？　ひょっとしてケルジャコフのセーフハウスがあるホテル？」

　レオナが首を傾げた。

「パスポートと金が隠してあると言っていたが、新しいパスポートは私が用意してやった」

　夏樹も首を捻《ひね》った。

「高飛び用の大金が隠してあるのかもね」

　レオナが肩を竦《すく》めた。

「金なんてどうにでもなるだろう。やはり、確かめる必要があるな」

　夏樹は腕を組んで言った。

「直接会うってこと？」

　レオナは訝《いぶか》しげな目で尋ねた。

「気は進まないが、また一緒に行動した方がよさそうだ」

　夏樹は小さく頷《うなず》いた。

　ケルジャコフが言ったようにパスポートと金が隠してあるだけのセーフハウスかもしれない。だが、一度襲われたホテルに危険を冒してまで再び行く必要があるとは思えないのだ。

「一緒に行動すれば、あなたをまた騙《だま》すだけじゃないの？」

　レオナの言っていることは正しい。

「なんなら、ロシア入りする前に拷問する手もある」

夏樹はレオナの杞憂《きゆう》を一蹴《いっしゅう》した。

「敵はケルジャコフを執拗《しつよう》に狙っているでしょう。彼が例のUSBメモリを解読する唯一の手掛かりなのよ。泳がせて慎重に監視活動をした方がいいんじゃない？　あなたもロシアまでは泳がせるって言っていたでしょう？」

レオナは横を向いて夏樹を睨《にら》みつけた。

「今なら、まだあの男を追える。だが、ロシアに近づくほど、あの男の位置情報が分かっていても近付くこともできなくなる可能性がある。それに、危険なホテルに再び来たことに意味があるはずだ」

車はアレヤ・クラコフスカ通りに入り、ホテルの手前に停められた。

夏樹は車から降りると、ホテルの裏側にある駐車場出入口から入り、スタッフ更衣室に侵入した。鍵《かぎ》の掛かったロッカーをピッキングツールで開けると、口角を上げる。清掃員用のフロアマスターキーが、掛かっていたのだ。

フロントで厳重に保管され、使用時は管理職の立ち会いを要するというホテルも珍しくない。だが、清掃担当の職員が管理しているホテルも中にはあるのだ。

夏樹はマスターキーを手に階段を五階まで上がり、五一六号室前で立ち止まった。スマートフォンにエンドスコープを接続し、ドア下に先端を差し込んで内部を確認する。照明は点《つ》いておらず、画面は暗視モードになった。人気《ひとけ》はないらしい。

首を捻った夏樹は、ズボンに差し込んでいたグロック19を抜いた。車から降りる前にウィルナルダから借りたのだ。

左手でカードキーをスリットに入れて解錠し、ドアを開けて部屋に踏み込む。照明のスイッチを入れてトイレや浴室までチェックする。

「どこに行った？」

部屋が無人であることを確認した夏樹は、スマートフォンでケルジャコフの位置情報を見た。追跡アプリを立ち上げて地図を拡大すると、夏樹の位置と重なる。誤差は二、三メートルと森本から聞いていた。誤差の範囲なら部屋にケルジャコフはいなければおかしい。

「待てよ」

部屋を出ると階段を駆け、地下一階まで下りた。位置情報に高度は関係ない。階段下にボイラー室と記されたドアがある。古いシリンダー錠をピッキングツールで解錠し、ドアを開けた。

夏樹はグロック19を握り、ボイラー室に足を踏み入れる。四方に銃を向けて安全を確認すると、銃をズボンに突っ込んで壁際に倒れているケルジャコフの傍に膝《ひざ》を突いた。首に指を当てると脈はある。目立った外傷はないので、殴られて気絶したのか、睡眠薬で眠っているのだろう。

「ケルジャコフ、目を覚ませ！」

夏樹はケルジャコフの両肩を摑《つか》んで揺り動かした。

「……あんたは」

ケルジャコフは瞼《まぶた》を開けたが、空《うつろ》な目をしている。

「とりあえず、ここを離れるぞ」

夏樹はケルジャコフに手を貸して立たせた。

3

午後三時四十分。ワルシャワ。

夏樹はフォルクスワーゲンT－Ｃｒｏｓｓの運転席に座っていた。

ビルホヴツカ・ホテルの地下室で気絶していたケルジャコフを連れて駐車場に行き、彼の借りたレンタカーを運転しているのだ。

ホテルを脱出する際、目眩《めまい》がすると言っていた。脳震盪《しんとう》を起こしているらしく、満足に歩ける状態ではなかった。夏樹は彼を助手席に座らせると、車を出してワルシャワ鉄道の線路脇にある人気のない空き地で休憩している。空き地の周囲は森の様な木々が生い茂っており、人目を避けるのに都合がいい場所なのだ。

「……ここは？」

ケルジャコフは一時間近く眠っていたが、ようやく目が覚めたらしい。

「どうして、ビルホヴツカ・ホテルに戻った？　いまさら、パスポートと金を取りに行ったとは言わせないぞ」

夏樹は、気遣うことなくいきなり尋ねた。ケルジャコフは再び目を閉じたが、これ以上眠らせるつもりはない。

後頭部には、かなり大きなコブができている。後ろから殴られたことは間違いないだろう。目が覚めても意識がはっきりするまでは時間を要する。だが、その方が尋問するには都合がいいのだ。考える余裕があると、隠し事をするからである。

「冷たい狂犬というコールネームが伊達《だて》でないことは分かったよ。カイロでまいたはずなのにすぐに見つけられてしまった。あんたが敵だったら、私は何度も殺されているな」

ケルジャコフは目を閉じたまま言った。

「誤魔化すな。私の質問に答えろ」

夏樹は口調を荒らげた。

「本当に五一六号室に用事はあったのだ」

ケルジャコフは小声で答えた。

「あの部屋には私も行ったが、何も変わっていなかった。行ってないだろう」

夏樹は冷たく答えた。パスポートや金を隠すのなら、床下や壁の中など部屋にクリーニングが入っても気付かれない場所のはずだ。だが、物を動かした形跡は見られなかった。もっともすぐ見つかる場所に隠すこともないので、念入りに調べる必要はある。

「なぜ、質問に答えなければならない？」

ケルジャコフは目を開けて大袈裟《おおげさ》に肩を竦めた。

「私がついていなければ、おまえはすでに三度死んでいる。これからもそうだろう。死にたくなかったら、私に真実を語れ」

夏樹は低い声で言った。

「……あのホテルで襲われたのは、ＧＰＳチップのせいだと思っていた。アルファ部隊は確かにチップからも位置情報を得ていたのだろう。だが、我々を襲ったやつらは、シリアに駐屯していた最強の部隊だったのだ」

ケルジャコフは渋々答えた。

「シリアに駐屯していたアルファ部隊でも特別な隊員が、たまたま顔見知りだったとでも言うのか？」

夏樹は首を傾げた。

「最初から順番に話す。ロシア国内には、私の様な反大統領派が多くいる。彼らと連絡を取る手段は限られているが、危険を冒しても有益な情報が得られる。あのホテルは仲間との連絡ポイントなのだ」

ケルジャコフによれば、ビルホヴツカ・ホテルの電話の交換器には、デジタル化されたた音声信号が世界中のサーバーを経由するオニオンルーティングの機能を搭載したマザーボードに交換されているらしい。ホテルが改良したのではなく、反大統領派の技術者が設置したという。また、五一六号室の内線電話には盗聴防止装置が仕込まれているそうだ。同じ様な施設が、ロシア国内と周辺国にもいくつかあるらしい。

「仲間と連絡を取るためにホテルに行ったのか」

夏樹は小さく頷いた。納得できるが、ケルジャコフはまだ何か隠しているようだ。

「パスポートや金が、五一六号室のトイレの天井に隠してあったのも事実だ。ロシア国内の仲間と連絡をするということもあった。だが、一番の目的は、前回待ち伏せされたあの場所に私が行くことをリークした者を確認することだった」

ケルジャコフは険しい表情になった。

「そいつがおまえを背後から襲ったのか？　誰だ？」

夏樹は苛立《いらだ》ち気味に尋ねた。諜報員《ちようほう》は報告する際、核心部分を先に話すように訓練されるものだ。だが、ケルジャコフは会話に脚色や独自のストーリー性を持たせるので、苛立つのだ。

「イワン・ジャリノフだ。あいつは、私がUSBメモリを奪回したことを知って、奪いに来たのだ。また、ブラックマーケットに出すつもりなのだろう」

ケルジャコフは頭を抱えて答えた。

「イワン・ジャリノフ？　あの裏切り者がどうして秘密の連絡場所を知っていたのだ？」

夏樹は険しい表情で尋ねた。想像通りならあまりにも腹立たしい。

「ジャリノフは局内で私の情報屋的な存在だった。だから、様々な極秘情報を知っている。私は、あの男を信じすぎた。ＵＳＢメモリを盗まれたら、計画は台無しだ。なんのためにこれまで命を懸けたのか分からない。後悔、先に立たずだ」

ケルジャコフは舌打ちをした。これまでの経緯からして本当のことだろう。

「ＵＳＢメモリのことは一旦《いったん》忘れろ。アンナの居場所を知っているはずだ。それを先に言え」

夏樹はコピーしたＵＳＢメモリを常に持ち歩いている。オリジナルのＵＳＢメモリはどうでもいいのだ。

「アンナの居場所は知っているさ、あのジャリノフがな」

ケルジャコフは吐き捨てる様に答えた。

「なんてことだ。それで裏切り者と待ち合わせをしたのか？」

夏樹は首を横に振った。

「背に腹は替えられなかったのだ。そもそも、ＵＳＢメモリの第二認証はアンナ、第三認証はジャリノフの網膜情報なんだぞ。仕方がないだろう」

ケルジャコフは鼻から荒々しく息を吐いた。ジャリノフと会ったのはアンナの居場所を聞き出し、なおかつ殺害して眼球を取り出すつもりだったのだろう。

ケルジャコフはピラードを殺害した後その眼球を取り出し、捨てたそうだ。ＵＳＢメモリを手に入れようとする者を混乱させるため、網膜認証の一つを手に入れたと見せかけるためだったという。

「ジャリノフから聞き出せばいいんだな。おまえも焼が回ったな」

夏樹はそう言うと、首を傾げているケルジャコフを残して車を降りた。

空き地の周囲の森の中から複数の武装兵が現れてＴ－Ｃｒｏｓｓを取り囲んだ。ポーランドの情報部に所属する特殊部隊である。

ケルジャコフを監視していた四人のＭＩ６の職員の中から二人が、ホテルから出てきたジャリノフを尾行している。ジャリノフは、ワルシャワの中心地にある三つ星ホテルにチェックインしているらしい。現在は応援が駆けつけて四人で見張っているそうだ。すぐに拘束してもよかったのだが、ケルジャコフからの情報次第では泳がした方がいい可能性もあったため、監視下に置くことになった。

ビルホヴツカ・ホテルでの銃撃戦で、ポーランド国内での極秘活動のリスクが増した。そのため、ハウザーはポーランドの情報部に協力を要請したのだ。夏樹が空き地から車を出せば、このまま泳がせる。車から降りれば、ケルジャコフを拘束するという手筈《てはず》になっていた。

ハウザーとポーランド側との交渉がすんなりといったわけではない。ビルホヴツカ・ホテルの銃撃戦で現場に残されたロシア人の死体を巡り、ポーランドは事情が分からずにロシアと揉《も》めていたからだ。

ハウザーはＵＳＢメモリの情報が引き出せたらポーランドにも渡し、ロシア人諜報員も引き渡すという譲歩をしたようだ。交渉に要する時間を稼ぐために殴られて意識を失ったケルジャコフをそのまま眠らせていたのだ。諜報の世界は、政治と同じで駆け引きにある。それでも敵は同じということで、話は収まったらしい。

ポーランドにとってロシア人諜報員は、重要な人質になる。ケルジャコフから情報が得られなくても、ロシアに拘束されているポーランド諜報員との交換に使えるのだ。また、情報を出し切ったケルジャコフは夏樹にとってもMI6にとっても価値はなく、不要な存在になっていた。

夏樹は空き地を出て、線路沿いの道路に停められているベンツVクラスに乗り込んだ。

「うまくいったわね」

レオナは笑顔で夏樹にペットボトルのミネラルウォーターを渡してきた。よく冷えている。車載の冷蔵庫から取り出したのだろう。彼女は、夏樹のポケットに入れてある盗聴器でケルジャコフとの会話を聞いていた。

「ようやく出発点だ。喜ぶのは早い」

夏樹は表情もなく頷《うなず》き、ミネラルウォーターを飲んだ。

4

午後四時四十分。

夏樹とレオナは、アル・エルサレム通りに面した十階建てのメトロポリス・ホテルの前でベンツVクラスを降りた。

「なるほど」

夏樹はホテルを見上げて鼻先で笑った。

アル・エルサレム通りを挟んで文化科学宮殿と周辺の公園が見渡せる好立地な場所にあるが、宿泊料はきわめてリーズナブルなのだ。ホテルの公園側は三階から最上階までビルボードの巨大な看板で窓が塞《ふさ》がれているため、宿泊料が安いのだろう。また、窓の外からの盗聴盗撮を心配する必要がないので、身を隠すのにも適している。

ちなみに文化科学宮殿は、一九五五年に建設された高さ二百三十七メートルの四十二階建ての高層ビルである。スターリンがロシア国内にその権威の象徴として多数建設したスターリン様式の摩天楼と同じデザインで、ポーランドに贈与されたものだ。むろん、ポーランドはソ連の一部という意味が込められていた。

「予約したベルナール・エンリケです」

夏樹はホテルのフロント係に言うと、クレジットカードを提示する。

「伺っております。お手紙をお預かりしています」

フロント係はクレジットカードをチェックすると、宿泊カードと封筒を渡してきた。

夏樹とレオナは夫婦という設定である。チェックインを済ませた二人は、七一八号室のカードキーと封筒をもらってエレベーターホールに向かった。

「尾行はないようね」

レオナは夏樹がチェックインしている間も、尾行を警戒していた。ポーランド情報部にはケルジャコフ逮捕が目的であると報告してある。他にも目的があるのではないかと疑われることを覚悟していたが、今のところ監視の目はないようだ。

エレベーターで七階に上がった二人は、七一八号室に入ると、コートを脱ぐこともなく耳にブルートゥースイヤホンを装着し無線機のスイッチを入れた。宿泊のためにチェックインしたのではない。同じ階の七二六号室に宿泊しているジャリノフを捕らえるためである。

「こちら、ホワイトイーグル。準備はできた」

レオナは無線でジャリノフを監視しているMI6のメンバーに連絡をした。彼女の三人の部下は、ポーランド情報部の目を逸《そ》らすために離れた場所にあるホテルにチェックインすることになっている。

ハウザーはポーランド内で活動するためにやむを得ずポーランド情報部と協定を結んだが、ジャリノフの情報までは教えなかった。アンナを救出するためには、極秘に行動することが要求される。情報の共有範囲を広げれば、情報漏洩《ろうえい》というリスクが高まるからだ。

「ボニートだ。マジックドリル。はじめてくれ」

夏樹は森本にスマートフォンで連絡した。スマートフォンは通話状態にしており、レオナらMI6の無線と同時に使える様にしている。

――こちらマジックドリル。もうはじめています。

森本には、ホテルのサーバーをハッキングし、七階の監視カメラの映像を夏樹とレオナが部屋に入った直後からループさせる様に頼んである。ホテルの監視カメラの映像を見ていたようだ。

「行きましょう」

レオナがフロントでもらった封筒からホテルのマスターキーを出した。張り込んでいるMI6の職員が、盗み出してフロントに預けておいたのだ。

夏樹は無言で部屋を出ると、七二六号室のドアの前で立ち止まった。

レオナがマスターキーをドアのスリットに差し込もうと手を伸ばしたので、右指を左右に振って止める。首を傾げるレオナを無視して、スマートフォンにエンドスコープを接続してドアの隙間から部屋の内部を確かめた。確認できる範囲にジャリノフの姿はない。

グロックを抜いた夏樹が頷くと、レオナがマスターキーでドアを開けた。

夏樹が部屋に飛び込み、レオナも続く。ベッドルームにはいない。

「……？」

夏樹とレオナが顔を見合わせた。水の流れる音がする。

バスルームのドアを開けると、シャワーを浴びている裸の男と目が合った。ジャリノフである。身長は一七五センチほど、瘦《や》せて色白、資料で見た通りの風貌《ふうぼう》をしていた。

こんな男に後ろから殴られるとはケルジャコフは、よほど油断していたのだろう。

「だっ、誰だ！」

ジャリノフが声を上げた。

「口を閉じて、シャワーを止めろ」

夏樹は銃口を向け、ロシア語で命じた。

「わっ、分かったから撃たないでくれ」

ジャリノフはシャワーを止めると左手を上げ、右手で股間《こかん》を押さえた。

「こっちに来い！」

夏樹はジャリノフの髪を摑《つか》むとシャワー室から引き摺《ず》り出し、ベッドルームの床に転がした。

「頼む。許してくれ！　ＵＳＢメモリを探しているのか？」

ジャリノフは正座すると、両手を合わせて夏樹を拝んだ。

苦笑したレオナがバスタオルをジャリノフに投げ渡した。

「先にアンナの居場所を言え！」

夏樹はジャリノフの眉間《みけん》に銃口を当てた。

「彼女は、……ＩＫ２だ」

ジャリノフは後ろめたそうに答えた。

「本当か？」

夏樹は右眉《まゆ》を吊《つ》り上げた。ＩＫ２とは「Ispravitel'naya koloniya-2」の略でモスクワ近郊のポクロフ市にある第二刑務所のことである。主に政治犯が投獄され、受刑者に対し常態的に暴力や精神的な圧迫を行うことでロシア最悪の刑務所の一つとされている。プーチンが目の敵にしている政治家のアレクセイ・ナワリヌイ氏が収監されているのも、この刑務所だ。

「おまえが裏切ったせいで、彼女は最悪の刑務所に入ったというわけか？」

夏樹は左手でジャリノフの首を絞め上げた。

「まっ、魔がさしたんだ。……彼女には本当に申し訳ないことをしたと思っている」

ジャリノフはもがきながらも答えた。嘘はついていないらしい。

「まずいわね。あの刑務所に収監されたら、脱走はもちろん侵入することも不可能よ」

レオナはロシア語が堪能《たんのう》だが、あえてフランス語で言った。

「アンナの網膜情報が第二認証で、第三認証はおまえだと聞いている。彼女が刑務所の中じゃ認証は使えない。それを分かった上でおまえはＵＳＢメモリをブラックマーケットに売り出したのか？」

夏樹はジャリノフの膝《ひざ》を踏みつけ、銃口でこめかみを押した。

「ブラックマーケットに売ったのは、確かに私だが、第三認証は私じゃない！」

ジャリノフは苦痛で顔を歪《ゆが》ませて叫んだ。

「嘘を吐け！」

夏樹はジャリノフを蹴《け》り倒した。

「本当だ。本当に私じゃない。第三認証は、ケルジャコフ中佐なんだ。彼の指示でアンナと中佐の網膜情報がUSBメモリの認証に使われた。嘘じゃない」

ジャリノフは泣きながら壁際まで後退《あとずさ》りした。

「辻褄《つじつま》が合わない。おまえは、ケルジャコフからUSBメモリを奪ったはずだ。彼の網膜認証が必要なら、あの男を殺して眼球を取り出すべきだろう。違うか！」

夏樹はジャリノフの頭を掠《かす》める様に壁を蹴った。

「私はブラックマーケットでパピヨン@という人に売って、パリの郵便局の私書箱宛にUSBメモリを送ったんです。今はどこにあるかも知らない」

ジャリノフは首を左右に振った。パピヨン@とは、ピラードがブラックマーケットで使ったハンドルネームである。

「馬鹿な。それじゃ、ケルジャコフは、どうしておまえをビルホヴツカ・ホテルに呼び出したんだ。おまえからアンナの居場所を聞くためじゃないのか？」

夏樹は矢継ぎ早に質問を浴びせた。

「アンナがIK2に収監されたことは、中佐から聞いたのだ。中佐から助けてやるからUSBメモリを売った金を全額寄越せと脅迫され、あのホテルに来いと言われていたんだ。二度も呼び出されている。一度は二十五日だ。恐ろしくなった私は、FSBに通報しておいた。だけど、中佐は逮捕されなかった。それどころか今度裏切ったら殺すと脅してきたんだ。中佐は金を受け取っても私を殺しただろう。だから、私は中佐を殺す他なかったんだ」

ジャリノフは顔を紅潮させて話した。後頭部を殴って殺したと思っているらしい。ケルジャコフはやはりジャリノフをみくびっていたのだろう。欲に駆られてジャリノフが殺意を抱くほど追い込んだことが間違いである。

「ちょっと待って」

話の途中でレオナは、スマートフォンで電話を掛けた。相手はポーランドの情報部らしい。話しながらレオナの顔が蒼《あお》ざめていく。

「ケルジャコフが脱走したそうよ」

通話を終えたレオナは右手を額に当てて言った。

「まんまとやられたな」

夏樹は舌打ちをするほかなかった。

ベラルーシ

1

二月二十八日、午前十一時三十分。

ポーランド郊外のアウトストラーダを、ブルーに塗装されたバスが走っている。ハンドルをグリフォルが握り、同じくレオナの部下であるケニー・ピアースが添乗員として乗り込んでいた。

乗客はポーランドでサッカー観戦をしていたロシア人ツアー客である。だが、ロシアによるウクライナ侵攻で、ツアーがキャンセルされた。帰国するにも、ベラルーシ経由の鉄道は運行を停止しており、ドバイ経由の航空便は高額という問題もあり、帰国難民化していたのだ。

そこに目を付けた夏樹は、昨夜、インターネットで偽の帰国ツアーがあると告示したところ八十人近く応募があった。その中から四十人のロシア人を選んで、夏樹とレオナは彼らに紛れ込んでいる。企画は夏樹だが、偽の広告は森本が作成した。ＳＮＳの時代だけに、応募から五分足らずで募集人員を超えた。

バスのチャーター代はＭＩ６持ちであるが、高額なツアー料で募集しているので損どころかむしろ儲《もう》かる。日に二便というベラルーシ・ミンスク第二空港十八時五分発、モスクワ・シェレメーチェヴォ国際空港十九時三十分着の直行便に合わせたツアーなので、少々値が張っても客は殺到したのだ。

午前九時にワルシャワ中央駅を出て、さきほどポーランド中東部の街、ビャワ・ポドラスカを通り過ぎた。ベラルーシとの国境までは三十キロほどである。

四十分後、バスはポーランド側の国境検問所ポイント・プロプスカ・テレスポルに到着した。ゲートを潜るとその先に大屋根の下にいくつものレーンがあり、順番に出国審査を受けるのだ。とはいえ、巨大な高速道路の料金所という雰囲気である。

夏樹は、もともとロシア国籍のパスポートを持っていたが、レオナと夫婦ということにするためにＭＩ６が用意した物を使うことにした。実在するロシア人の戸籍を使っており、オリジナルに合わせるために簡単な特殊メイクを夏樹は自分とレオナに施している。

ロシアの侵攻により、ポーランドに居づらくなったと思われるロシア人が列をなしている。そのため、検問所を通過するのに三十分ほど時間が掛かった。もっとも、数からすればもっと時間が掛かってもよさそうなものだが、ポーランドを出ていくロシア人をなるべく早く国外に追い払いたいのだろう。今やロシア人はプーチンのウクライナ侵攻の号令により、世界中の嫌われ者になってしまったのだ。

国境をなすブーク川を渡り、一キロ進んでベラルーシの検問所であるプト・ワルシャフスキー・モストに到着した。こちらも昔と違って厳格な雰囲気はなく、空港の出入国カウンターのように明るい雰囲気で、二十四時間営業の免税店もある。

午前十二時三十五分、乗客が入国審査を受けると、バスはすぐに出発した。ここまでガソリンスタンドでトイレ休憩はしたが、大勢が一度に食事ができる様なレストランはない。それに、ミンスク第二空港までは道路事情が分からないので、急いでいるのだ。食事はワルシャワのレストランでサンドイッチの弁当を作らせて出発前に配ってある。

今のところ、出入国で何のトラブルもなかった。大勢のロシア人に交じって行動する作戦はうまくいっている。ベラルーシの検問所では、個人の車が厳しく調べられていた。

午後四時五十分、ツアーバスは、ミンスク第二空港に到着した。

ピアースが添乗員らしくバスから乗客の荷物を下ろし、空港ビルに誘導する。片言のロシア語だが、うまく演技している。彼は母国語の他にフランス語とドイツ語は堪能だが、ロシア語は初心者レベルだ。グリフォルは日常会話には不自由しないが、ロシア人に化けられるほどの語彙《ごい》力はない。そのためロシア潜入は夏樹とレオナの二人ですることになっている。

空港ビルは要所に自動小銃を持った兵士がいるが、緊張感はない。

ベラルーシのルカシェンコ大統領は、ロシアの後ろ盾で一九九四年から独裁政権を維持している。だが、一般のベラルーシ国民はむしろウクライナに同情的なのだ。ウクライナ侵攻は、ロシアが勝手にやっていることで他人事《ひとごと》だと思っているのだろう。

夏樹とレオナは他のツアー客とともに空港ビルに入り、チェックインをすると早々に出国審査も受けた。グリフォルとピアースは、夏樹らが乗った飛行機が離陸したことを確認したらワルシャワに戻ることになっている。それまではもしもの時に備えて待機しているのだ。

「早めに出たのに結局一時間前の到着になったわね」

レオナは安堵《あんど》の溜息《ためいき》を漏らした。彼女は、ソフィア・ズボレナワと名乗り、夫役の夏樹はニコライ・コロニフとなっている。ニコライは植物学者で、妻のソフィアは図書館の司書だそうだ。欧米ではよくある夫婦別姓だが、夫婦仲はいいらしい。

夫婦はウクライナ侵攻でロシアに嫌気がさし、旅先の英国で亡命を申請した。現在はMI5（英国情報局保安部）の保護下にあり、彼らの情報を利用しているのだ。

「あいつは見当たらないな」

夏樹はさりげなくビル内を見回しながら言った。ケルジャコフのことである。体内にGPS発信機を埋め込んだはずだが、居場所が摑《つか》めないのだ。GPS発信機を摘出した可能性もある。モスクワに行くには、この空港から直行便に乗るのが一番早いのだ。十八時五分の便を逃せば、翌日の七時四十五分発になる。そのため、ケルジャコフがなんらかの手段で同じ飛行機に乗る可能性もあると思っていた。

「あの男もプリンセスを狙っているのかしら？」

レオナは何気ない素振りで言った。プリンセスとは、今回の任務でアンナに付けられたコードネームである。

「そうだろうな。だからこそ、USBメモリを奪ったのだろう。ロシアに入国すれば協力者がいるはずだ。我々よりも、容易にIK2に潜入することができるかもな」

夏樹は冷めた表情で答えた。ケルジャコフは執念深い男である。それに欲深い。彼がFSBの親大統領派を抹殺しようとしているのは、事実だろう。だが、それはプーチンの取り巻きを一掃し、その地位を手に入れるために違いない。それも信念ではなく、金のためだろう。決して「反プーチン」とは言わなかったのがその証拠である。

「出発まで、ラウンジに行かない?」

レオナは、〝ビジネス・ラウンジ〟という看板を指差した。どこの空港もラウンジは洒落《しゃれ》た名前を付けるものだが、ベラルーシ唯一の国際空港にもかかわらずネーミングもないらしい。

夏樹は腹が空《す》いているので素直に従った。

内部はただっ広い。変わったデザインの椅子やソファーが置かれている。定食屋の様なテーブル席がいくつかあった。

「軽く食事をしましょう」

レオナの顔はバイキング式のフードコーナーに向いている。サンドイッチの弁当では足りなかったらしい。

「それは、どうかな」

夏樹は小さく首を振った。

空港職員が、二人の武装兵を伴いラウンジに入ってきた。ラウンジに兵士を入れることは、独裁国であっても異例である。

「失礼ですが、コロニフ夫婦ですか？」

空港職員が尋ねてきた。

「ええ、そうですよ。何か？」

夏樹は怪訝《けげん》そうに職員を見た。

「もう一度パスポートを拝見できますか？」

空港職員は上目遣いで尋ねてきた。国境の検問所で入国審査を受けた際に何か引っ掛かったのだろう。

「出国審査も受けたのに、何か問題でもあるのですか？」

夏樹はレオナと顔を見合わせて肩を竦《すく》めると、上着のポケットからパスポートを出して職員に渡した。

「奥様のパスポートも、よろしいですか？」

職員が右手を出すと、レオナは険しい表情でパスポートを渡した。

「あなたは、英国に滞在しているはずだ。FSBから連絡がありましたが、長期滞在の申請が出されていたそうですね。どうして、急にポーランドに寄られたんですか？」

職員はパスポートを見ながら冷淡な表情で尋ねてきた。パスポート本体は、本物の夫婦の物で、ドバイ経由でポーランドに入国したように細工してある。英国からMI6の専用機でワルシャワまで届けさせたのだ。ポーランド経由も怪しまれているかもしれないが、西側である英国に長期滞在したことを警戒されているのだろう。

「もちろん、エクストラクラサを見るためですよ。私たちはレギア・ワルシャワのファンなのです。今年は低迷していますが、まだまだ希望は捨てませんよ。フォワードのジャスールベク・ヤフシボエフをご存知ですか？　彼は本当にいいプレーをするんですよ」

夏樹は饒舌《じょうぜつ》に語った。「エクストラクラサ」はポーランド最上位のサッカーリーグのことで、「レギア・ワルシャワ」は、昨年の優勝チームである。パスポートとともにコロニフ夫婦の資料が送られてきた。夏樹とレオナは分厚い資料を暗記している。

「夫は、サッカーの話になったら止まらないの」

レオナが苦笑を浮かべて話を遮った。

「……分かりました」

職員は大きな溜息を漏らした。夏樹の話にうんざりしたようだ。だが、まだ疑っているのか、パスポートを返そうとしない。

「ポーランドサッカーの話でしたら、こころゆくまでお相手しますよ」

夏樹は笑顔で話を続けた。

「結構です。どうぞ、よい旅を」

職員はパスポートを夏樹とレオナに突き返し、兵士を連れてラウンジを出て行った。

「私ももっと話をしたかったわ」

レオナが悪戯《いたずら》っぽく言った。

「今度は譲る」

夏樹は鼻先で笑った。

2

午後七時四十分。

夏樹らを乗せたベラヴィア航空機が、モスクワ・シェレメーチェヴォ国際空港に定刻よりやや遅れて着陸した。

入国審査で再び厳しくチェックされるかと思ったが、審査官は欠伸《あくび》をしながらパスポートに目を通しただけで言葉をかけられることもなく審査は終わった。同盟国のベラルーシ経由ということもあるのだろうが、出国する際にチェックされているので調べる必要がないと思っているのだろう。

手荷物は預けずに機内に持ち込んだ小さなスーツケースだけだった。X線検査もおざなりで検疫も簡単にパスしている。空港職員の怠惰な対応だけでなく、入国審査や検疫などで列への割り込みをする乗客も相変わらずで、社会主義国はストレスが溜《た》まる。

「期待外れね」

レオナが腕を組んできた。厳しい検査を覚悟していたと言いたいのだろう。

「いや、期待通りだ。七時の方向」

夏樹はレオナの頰にキスをする振りをして小声で伝えた。入国検査を受けた直後から乗客でない者が付いてくる。英国帰りということで、夏樹らの作戦とは関係なくマークされているのだろう。

「ワクワクするわね」

レオナは楽しそうに言った。職業柄というよりも、危険に身を置くことに快感を覚えるのだろう。冒険家気質《かたぎ》といえば聞こえはいいが、一般人として生活ができない危うい性格である。諜報員《ちょうほう》として成功するタイプだ。

二人は徒歩で空港連絡鉄道であるアエロ・エクスプレスのシェレメーチェヴォ国際空港駅から赤い列車に乗り込んだ。車内は通路を挟んで三席のシートが向かい合わせに並んでいる。飛行機もそうだったが、新型コロナのせいかかなり空《す》いている。

「やっぱり付いてくるわね」

車内でレオナはスマートフォンを見ながら呟《つぶや》いた。彼女は窓際の席に、夏樹はその隣りに座っている。尾行しているのは、三十代のサラリーマン風の身なりのいい男だ。夏樹らから五列ほど離れたシートに座っている。

「ひょっとすると夫婦の方に問題があるのかもしれないな」

夏樹は首を捻《ひね》った。もし、夏樹らの素性がばれていたら、間違いなく空港で拘束されていたはずだ。英国帰りということでマークされていたとしてもせいぜいアエロ・エクスプレスの駅までだろう。

「私もそんな気がする。意外と一般人じゃなかったりして」

レオナは呟く様に言うと、楽しそうに笑った。

「仮にそうだとしたら、かえって危ないくじを引いたことになるな」

夏樹も苦笑した。ＭＩ６は、夏樹らの安全を確保するためにあえて偽造パスポートを使わずに亡命申請者の正規のパスポートを使うことにした。候補は何人もいたらしいが、その中でも政治色がない人物を選んだそうだ。ＭＩ６は、夫婦の聞き取り調査をしたに過ぎないのだろう。

「メ・ラ・カポ」

レオナはイタリア語で「なんとかなる」と言って、バッグから空港の売店で購入したロシア版のヴォーグを出して開いた。

五十分ほどでベラルースキー駅に到着し、駅前でタクシーに乗って二キロほど南にある一方通行のマーラヤ・ブロンナヤ通りで降りた。

通りの西側はパトリアルシエ・プルドイという夏は池になる屋外スケートリンクがある公園で、周囲は洒落《しゃれ》たレストランやカフェがある落ち着いた住宅街であった。

夏樹は通りの東側に建っている八階建てのマンションの玄関前に立つ。玄関は木製サッシの凝ったデザインのガラスドアになっている。古い建物だが、メンテナンスは行き届いているようだ。

大通りのサドヴォエ・コリツォ通りから右折してきたタクシーが少し離れた場所に停まり、例の尾行者が降りた。だが、夏樹と目が合うと慌てて反対方向に歩き出す。なんとも間抜けな尾行者である。

レオナが玄関のキーパッドに四桁《けた》の暗証番号をタッチし、ドアを開けて押さえた。夏樹は二人分のスーツケースを持って中に入ると、レオナが続く。

エレベーターで五階に上がり、五〇八号室の前に立つと持参した鍵《かぎ》でドアを開けた。英国で保護されたコロニフ夫婦のパスポートだけでなく、自宅の鍵も預かっているのだ。

3LDKで百四十平米とかなり広いが、生活は質素である。彼らは、ロシアの銀行が信用できないので、資産の大半を以前からスイス銀行に預けているらしい。そのため、マンションには家財道具以外の金目の物は置いていないそうだ。海外に資産を持っていることを当局が知るところとなり、目を付けられている可能性もあるだろう。

「とりあえず、到着ね」

レオナは出入口近くの照明と空調のスイッチを入れるとコートも脱がずにソファーに腰を下ろした。外気温はマイナス三度、室温はそれより高いが息が白くなる。モスクワの住宅の多くはセントラルヒーティングだが、すぐに暖まるわけではない。

「尾行はいなくなった」

夏樹はカーテンの隙間から外を窺《うかが》った。

モスクワ在住のＭＩ６の職員が、コロニフの証言が正しいか実際にこのマンションの部屋まで訪れて確認している。その際、盗聴盗撮器がないかクリーンアップしているそうだ。自分で確認したいところだが、スパイグッズが見つかると大変なことになるため武器や電子機器はすべて置いてきたので確かめようがないのだ。

「お腹が空いたわ。何かあるかしら？」

レオナは台所に入った。彼女はいつも食欲がある。たぶんストレスを食事で解消しているのだろう。

夏樹は再びマンションの前のマーラヤ・ブロンナヤ通りを見下ろした。異変はなさそうだが、胸騒ぎがするのだ。

「中華を食べに行こう」

レオナを促してスーツケースから二人のダウンジャケットを出して着替えると、ロシア人らしく夏樹は毛皮のロシア帽、彼女はファーハットを被《かぶ》った。

「中華は嬉《うれ》しいけど、用心深いわね」

レオナは首を振りながらも廊下の奥へと進む。文句を言っているが夏樹の杞憂《きゆう》に同意しているのだ。非常階段を降りて別の出入口からまずは夏樹が一人で外に出た。衣装を替えても二人で行動すれば怪しまれる。周囲を窺ったが、異変は感じられない。

「いいぞ」

夏樹は数十メートル先にある公園の入口から中に入ると、スマートフォンで合図を送った。レオナも建物から出るとすぐに通りを渡って公園側の歩道を歩く。

ほぼ同時にサドヴォエ・コリツォ通りから二台のワンボックスカーが入ってくると、マンションの前で急ブレーキを掛けて止まった。

二台の車から武装した八人の兵士が飛び出し、マンションの玄関の前に並んだ。

レオナは後ろを振り返ることなく歩き続け、公園に入ってきた。

武装兵は玄関のセキュリティを解除すると、マンションに突入して行く。

「さすがロシアね。歓迎方法がとってもクール」

レオナは冗談ぽく言ったが、さすがに青ざめた顔をしている。

「ここはロンドンじゃない」

夏樹は小さく頷《うなず》き、歩き出した。

3

午後九時十分。

パトリアルシエ・プルドイ公園の近くでタクシーに乗った夏樹とレオナは、四キロほど離れたロジェストヴェンスキー通りの中央にあるツェントラリニ・リノク（中央市場）という大型店舗の前で車を降りた。通りは中央分離帯ではなく、四百メートルほどの細長い公園になっており、西の端にツェントラリニ・リノクがあるのだ。

店内に入ると、一階は地階との吹き抜けになっており、地下はフードコートと生鮮食品や野菜などを扱うマーケットもある。一階と二階もフードコートで人気のスポットになっていた。夏樹はモスクワに限らないが、世界の大都市の新情報は常に更新しているのでこの店のことも知っていたのだ。

「ここに一度来てみたかったんだ」

レオナは店内を見回しながら笑顔になった。

夏樹は尾行を確認すると、非常口から公園に出て東に向かった。

「食事は、フードコートじゃないの？」

レオナは首を傾げている。彼女に説明する暇がなかった。

「君は、私が雇ったロシア人のスパイということにする。これから連れて行くのは、中国の安全的家だ。私は中国の諜報員の身分を数年前から利用している。そこで、新しいIDを作る。だから、余計なことは一切口にするな。ちなみに中国語は話せるか？」

夏樹は周囲に人気《ひとけ》のないことを確認して答えた。

「中国語は片言よ。それにしても中国の諜報機関を利用するなんて、あなたは本当に底知れないわね」

レオナは上目遣いで夏樹を見た。底知れないというより、得体が知れないと思っているのだろう。

「コロニフ夫婦の身分は、使えなくなった。私は別の身分を持っているが、君は新しいＩＤがいるだろう」

夏樹は淡々と言った。

「英国大使館に行けば、新しいロシア人の身分が得られるはずよ」

レオナは首を左右に振った。敵国とも言える中国の施設に抵抗があるようだ。

「危うく捕まるところだったんだぞ。ＭＩ６を信じろというのか？」

夏樹は厳しい目でレオナを見た。コロニフ夫婦が疑われたのは、不運が重なったからかもしれない。だが、ＭＩ６の本部か支局にＦＳＢのスパイがいる可能性もある。だとしたら、中国の諜報《ちょうほう》機関の方が信用できるのだ。

「モグラを心配しているの？……確かにそうね」

レオナの声が沈んだ。

「この国で信用できるのは、自分だけだ」

夏樹はそう言うと、レオナを抱きしめた。公園の東出入口から二人の警察官が入ってきたからだ。

「えっ」

レオナは驚いたものの警察官に気付き、夏樹の腰に両手を絡ませて抱きついてきた。

警察官らは急ぐ様子もなく、ベンチに座っているカップルに不用意にハンドライトの光を浴びせて悦に入っている。

「熱々カップルは逮捕するぞ」

少々太めの警察官が夏樹らにもライトを当てた。

「眩《まぶ》しい。ライトを当てないでくれ」

夏樹は掌《てのひら》で目元を隠すと、レオナは顔を背けた。入国してからもなるべく監視カメラに映らないようにしてきたが、パスポートの写真がすでに手配されている可能性はあるだろう。二人とも今の顔でうろつくのは危ないのだ。

「いい加減にしろよ、ニコライ。遅くなるだろう」

別の警察官が腹を立てている。彼らは巡回パトロールをしているようだ。

「帰ろう」

夏樹はレオナの肩に手を回し、警察官らに背を向けた。

「うるさいんだよ。まったく」

小太りな警察官の声がすると、二人は遠ざかって行く。

夏樹は全神経を二人に向けていたが、ふっと息を漏らした。警察官が絡んでくるようなら顔を見られる前に叩《たた》きのめすつもりだった。急いでここを離れたいが、平静を保つべきである。ゆっくりと恋人同士のように歩く。

「キスすればよかった」

レオナは歩きながら不服そうに言った。

「逆に逮捕されていただろうな」

右口角を上げた夏樹は、公園を出てロジェストヴェンスキー通りに出た。

「本当に中華料理食べるの？」

レオナは二十メートルほど先の赤いオーニングを見て眉《まゆ》を寄せた。「中国の花」という意味の〝キタイスキィ・ツートーク〟という看板が出ている。彼女は中国の安全的家と聞いて、警戒しているのだろう。

「そういうことだ。だが素性がバレたら死を覚悟しろ」

夏樹は険しい表情で言った。多少脅しておいた方が彼女の場合はいいだろう。

「黙っている」

レオナは神妙な顔になったが、あてにはならない。

三階建てのビルの一階にはバーやレストランが入っており、上階はホテルになっている商業施設である。

木製の赤いドアを開けると階段があり、店は半地下にあった。梁羽から紹介されたことがあるが、使うのは初めてである。欧米の国にはたいてい中華街があるが、ロシアなど旧ソ連の国々にはない。土地が自由に売買できなかったという理由もあるかもしれないが、ロシア人は中国人を嫌っていたというのが大きな理由だろう。そのため、中華レストランが安全的家になっているケースが多いようだ。

階段を下りると、小さなフロントに赤い人民服風のドレスを着た中国系の女性が立っていた。

「ニーハオ。ご予約はありますか？」

係の女性は微《かす》かに口元を緩ませた。彼女にとって最大級の笑顔に違いない。

「FZ北京保険の者だ。予約番号は634973１」

夏樹は流暢《りゅうちょう》な中国語で答えた。

「6349731ですね。……確認しました。個室がご希望ですね」

係の女性はカウンターのパソコンを見て、表情も変えずに内線電話の受話器を取った。同じ社会主義国にある安全的家のためかもしれないが、特段レオナを気にする様子はない。パソコンで総参謀部のネットワークに入り、紅龍のIDナンバーを確認したようだ。

赤く塗られた廊下の左の突き当たりは厨房《ちゅうぼう》、右側にレストランのホールがある。奥行きがあるのでかなり広いようだ。

「いらっしゃいませ。こちらです」

ホールから人民服を着た中年のウェイターが現れて軽い会釈をすると、夏樹らの前を通り過ぎて厨房の手前にあるドアを開けた。男の中国語は、訛《なま》りのない標準語である。

「ありがとう」

夏樹はレオナを先に入れ、自分も部屋に入った。二十平米ほどの個室で、大きな丸テーブルがあり、椅子が八脚並べられている。天井からは豪華なシャンデリアが下がっており、特別感があった。壁に毛沢東《もうたくとう》と周恩来《しゅうおんらい》と鄧小平《とうしょうへい》の写真が飾ってある。オーナーはかなり懐古趣味的なようだ。

「ご注文を承ります」

夏樹とレオナが円卓の奥の席に座ると、ウェイターがロシア語のメニューを二人に渡した。この安全的家では中国の諜報員との接触を可能な限り避けているようだ。

「私が注文する。北京ダック、牛肉とピーマンの炒《いた》め、小籠包《ショーロンポー》、それに銃と彼女のIDだ。銃のメニューも見せてくれ。もう一つ、我々は特殊メイクで別の顔になる」

夏樹はレオナに目配せして注文した。

「承知しました。それでは、この用紙にご希望の職種など必要事項をご記入ください。お飲み物はいかがしましょうか？」

ウェイターは別のメニューに挟み込んであった用紙をレオナに渡し、事務的に尋ねてきた。その方がこちらとしても対応は楽だ。

「シャトー・マルゴー」

夏樹はワインを選ぶと、メニューを閉じた。

4

三月一日、午前六時三十分。

ハイネックの防寒セーターを着た夏樹は、コーヒーカップの緑茶を飲んで顔を顰《しか》めた。ティーバッグに「グリーン・ティー」と記されているが、紅茶のように発酵させた茶っぱの味なのだ。インスタントコーヒーもあったが、コーヒーにはこだわりがあるので見向きもしなかった。

昨夜は〝キタイスキィ・ツートーク〟の個室で夕食前に特殊メイクをして、レオナの顔写真を撮影している。新しいパスポートと身分証ができたのは、閉店間際の午後十一時五十分であった。

できたての書類を持ってきたのは店のオーナーである沈俊《ちんしゅん》で、挨拶《あいさつ》がてら部屋にやってきたのだ。最初に案内してくれたのは、沈善《ぜん》という息子だったらしい。沈俊は山羊《やぎ》のように白い顎鬚《あごひげ》を伸ばしており、年齢は六十九歳と聞いている。彼は若い頃、梁羽と同じ八卦掌《はっけしょう》の師に学んでいたらしい。梁羽は弟弟子になるらしく、彼の話が聞きたいというのだ。梁羽からは古い付き合いで、少々変わり者だと聞いていた。

本当は、夏樹の身元を確認するのが目的だったのだろう。だが、少年時代に梁羽から八卦掌を学んだと言うと、夏樹は孫弟子になると喜び、沈善に酒を運ぶように命じて改めて歓迎してくれた。

沈俊は話し込んだ後で、メニューにないサービスも提供できると言う。自慢話を文句も言わずに聞いたので、気に入ってくれたらしい。任務の内容を安全的家に話すことはないが、夏樹が普段使っているような様々な小道具を追加で注文した。また、同じ建物にあるホテルの部屋を取るなど便宜を図ってくれたのだ。

「早いわね。まだ、夜明け前でしょう？」

ベッドで毛布に包《くる》まっていたレオナが上半身を起こし、両腕を上げて背筋を伸ばした。その拍子に毛布がずれて豊満な胸が露《あら》わになる。チェックインした部屋はクイーンサイズのベッドが一つだけで、一緒に寝るほかなかった。沈俊にはレオナをロシアで行動するための妻役の工作員だと説明していたが、妙に気を利かせたらしい。結果的には沈俊の思惑通りになったのだ。

「作戦をどうするか考えている」

夏樹はカップを口元にもって行ったが、眉を顰めて窓際のテーブルの上に置いた。

「どうするって、作戦を変更するつもり？」

レオナは毛布を体に巻き付けてベッドに腰かけた。

作戦とはＩＫ２に侵入し、アンナを救出することである。作戦を提案したのは夏樹であるが、仕込みはＭＩ６である。だが、今回の任務でＭＩ６のサービスを利用することに違和感を覚えていた。信用できないからだ。

アンナをモスクワ市内にあるブトイルカ収容所に移送する偽の命令をＩＫ２に出し、刑務官に扮《ふん》した夏樹とレオナが彼女を迎えに行ってそのまま脱出するのだ。偽の命令はＭＩ６がクレムリン経由で流すことになっている。また、刑務官のＩＤと制服、それに護送車も現地のＭＩ６が明日までに用意する手筈《てはず》だ。

ちなみにブトイルカ収容所は裁判を受けるための留置施設の役割がある。ブトイルカ収容所に移送する命令というのは、アンナをＩＫ２に入れたのは不当逮捕として差し戻すということだ。

「作戦に問題はない。だが、君の組織が情報を漏洩《ろうえい》することなく実行できるかが問題なのだ」

夏樹はカーテンの隙間から窓の外を見た。日の出は午前七時二十三分、そろそろ明るくなってきてもいいころだが、外は真っ暗である。空は厚い雲で覆われているようだ。

「ひょっとして、コロニフのマンションが襲撃されたのは、うちのせいだと思っている？」

レオナは腕組みをして尋ねた。

「可能性の問題だ。否定できるのか？」

夏樹はレオナを横目で見て言った。

「……できない。正直言って、今回の作戦ほどうちの組織が頼りなく思ったことはないわ」

レオナは大きな溜息《ためいき》を吐くと、毛布を巻きつけたまま浴室に入った。作戦の準備があるため、今日は待機していなければならない。そのため、彼女はのんびりしているのだろう。

「私だ。頼まれて欲しいことがある」

夏樹は森本に電話をした。

――なんなりと。

森本は明るい声で答えた。

「いくつかあるから、暗号メールで送る」

ＭＩ６の仕込みに不安を覚えた夏樹は、森本にも用意させようと思っているのだ。

――了解です。ところで、今、モスクワでしょう？　ニエボ・ディアベルが手伝えることがあったら頼って欲しいと言われました。彼女の居住地は知りませんが、モスクワに近いらしいですよ。

「彼女に仕事の内容を話したのか？」

夏樹は低い声で言った。

――というか、手伝ってもらっています。だって、私はポーランド語もロシア語の読み書きもできませんよ。プログラムが書けるだけじゃ駄目な時もあるんですよ。その点、彼女は多言語話者だと言ったでしょう？

森本は英語のほかに、フランス語も片言なら話せる。だが、それだけなのだ。プログラム言語は世界共通のため、大丈夫だと思っていたが違うらしい。

「なるほど。分かった。そのまま手伝ってもらえ。だが、直接手伝ってもらう仕事は今のところない」

夏樹は通話を終えて頭を掻《か》いた。よくよく考えてみれば、偽の命令書を作成するにしてもロシア語が必要になる。ＦＳＢのサーバーから命令書の記録をダウンロードし、手を加える必要があるだろう。当然、ロシア語の読み書きが必要になってくる。森本もこれまで手伝ってもらっていることを言いにくかったのだろう。夏樹はアンナの奪取計画を文章にすると、暗号化されるメールで森本に送った。

「さて、小道具はどうしたものか？」

腕を組んで首を傾げた。ＭＩ６の協力をキャンセルした場合、刑務官の制服や護送車の手配もしなければならなくなる。それに、夏樹とレオナが刑務官に扮した場合、護送車の運転は誰か雇った方がいいだろう。これればかりは、素人を雇うことはできない。

「あなたもシャワーを浴びる？」

体にバスタオルを巻いたレオナが、バスルームから出てきた。

「支局の職員で、信頼できる人間はいるか？」

「いるけど。出かけるの？」

レオナは肩を竦《すく》めた。

「散歩してくる」

夏樹はセーターの上からウィンドブレーカーを着た。

「早く、帰ってきてね。お腹が空《す》いたから」

レオナは、化粧室に戻った。

5

夏樹は薄暗い通りを東に向かって走った。

外気はマイナス十度、雪がちらついている。

ホテルの入口は南側のロジェストヴェンスキー通りに面しており、数十メートル東側に路面電車が通るスレテンカ通りに出る。通りを渡ると、スレテンスキー通りとなり、この通りも中央分離帯ではなく、三百メートルほど続く公園になっていた。

夏樹はスレテンカ通りを渡って、スレテンスキー通りの公園に入る。任務中はまともな運動をすることは難しいが、基本的に毎朝のジョギングを欠かさない。だが、マイナス十度という気温では、走っても体温は上がらない。極寒の地でジョギングなんて地元民すら敬遠する酔狂とは思うが、ストレスの解消になるのであえて走るのだ。

「うん？」

夏樹はスピードを緩めた。出入口の広場の奥にある石像と二本の石柱があるモニュメントの脇を通るとその先は緑地帯が続く。今は雪野原になっている場所で、黒尽くめの男が演武をしているのだ。しかも、八卦掌である。

「一緒にやりますか？」

背を向けていた男が、動きを止めることなく尋ねてきた。驚いたことに沈俊である。

「毎日、ここで演武されているのですか？」

夏樹は沈俊と動きを合わせた。久しく演武はしていなかったが、体に染み付いているので動くことはできる。

「演武ができるほど我が家は広くないからね。それに太極拳《たいきょくけん》じゃ、凍死してしまう。八卦掌なら演武を終える頃には汗が出てくる。ロシア人が見れば変人と思われるから夜明け前にしているんだよ」

沈俊は激しく動くのだが、けっして体軀《たいく》はぶれていないのだ。これほどまでに見事な演武は梁羽以外に見たことはない。

「なるほど」

夏樹は頷《うなず》いた。実戦で必要とされる攻撃と防御が、演武では静の中に動の動作として表されている。

「体が温まったので、お手合わせ、願おうか」

そう言うと沈俊は、いきなり右突きを入れてきた。

夏樹は突きを利用して沈俊の体勢を崩すべく、左に入って右の突きを返す。だが、沈俊も素早く体《たい》を入れ替えて右蹴《げ》りを入れてきた。夏樹が同じく右蹴りで相殺《そうさい》すると、すかさず沈俊は左蹴り、手刀を繰り出す。

夏樹が左蹴りで受けて手刀を左手で払うと、沈俊の前蹴りが顎《あご》を狙って伸びてきた。夏樹は上体を反らして避《よ》けると、右前蹴りを放ちながらバク転する。

「見事！　さすが梁羽の愛《まな》弟子だ」

沈俊は夏樹の前蹴りを、右手を回転させることで避けながら後ろに下がった。

「素晴らしい」

夏樹は構えを崩さずに大きく頷いた。沈俊は前蹴りを放つと共に距離を詰めた。それを狙って夏樹は、バク転をすることで蹴りをかわすと同時に沈俊の顎を狙ったのだ。それを見事にかわされた。舌を巻く他ない。二十歳以上年は上だが、沈俊の動きは夏樹と遜色《そんしょく》はない。ただ、技を知り尽くしているため、攻撃はある程度読める。時間が経てば、若い夏樹に分があるだろう。

「朝食は、七時半でいいかな」

沈俊は自然体になって息を吐き出すと、笑った。営業は午後からで午前中は店を閉めている。特別に食事を出すということだろう。

「ええ、もちろんです。ありがとうございます」

夏樹は珍しく満面に笑みを浮かべた。

「少しだけ、注意をしておきたい」

沈俊は西に向かって歩き出した。店の二階にある自宅に戻るのだろう。ホテルと同じ階だが、壁で仕切られているそうだ。出入口は秘密で店のどこかにあるらしい。

「はっ、はい」

夏樹は神妙な顔になり、沈俊の横に並んで歩く。梁羽は諜報《ちょうほう》員としては対等の関係にあると思っている。だが、八卦掌《はっけしょう》の師という立場では頭が上がらない。そういう意味では沈俊に一目置いている。

「八卦掌は、力のゼロポイントが大事だ。それを忘れていないか?」

沈俊は嗄《しわが》れた声で尋ねてきた。さきほどの組手で疲れているらしい。

「相手の攻撃に対して引いたり、押したりはせずに、均衡を保った状態から次の技に移るということですか？」

夏樹は首を傾げながら聞き返した。夏樹が少年だったこともあるだろうが、梁羽からは理論ではなく、常に実戦で鍛えられた。

「まあ、そういうことだ。自分勝手に勝負の流れを変えようとすれば、無理が生じる。相手の動きを読み、それを利用すれば、知らぬ間に勝つことになる。力でゴリ押しをするのは、八卦掌の道理には合わない」

沈俊は夏樹の瞳《ひとみ》を見据えて答えた。

「自然に任せる。あるいは、自然の流れを妨げないようにするということか」

夏樹は立ち止まって呟《つぶや》いた。

「どうした。おまえさんの動きがまったく悪いと言ったわけではないのだぞ」

沈俊は頭を掻いている。

「なるほど、そういうことか。お先に失礼します」

夏樹は沈俊に頭を下げると、ホテルに向かって走った。

6

午前九時。ＩＫ２。

グレーのボーダーの囚人服を着た女が四つん這《ば》いになり、女性監房のコンクリートで固められた床を歯ブラシで掃除していた。

ＦＳＢの諜報員リストの窃盗容疑で投獄されているアンナ・イワノワである。ルビャンカでリストが無断で持ち出されたことは、ダウンロードされてから五時間後に発覚した。情報セキュリティ部門の副責任者であるセルゲイ・ミハイロフが不在にもかかわらず、サーバールームに入室した記録があることをシステムのチェックをしていた職員が見つけたからである。

盗難にあった時間、四階のＩＴ部門のフロアの監視カメラは、何者かによってループ映像に変えられていた。その時間に四階への入室記録があった者は当然厳しく取り調べられたが、誰しもアリバイがあった。

だが、当日に警備を担当していた兵士から出勤予定のないはずのアンナを見たという証言があったため彼女は逮捕された。取り調べで彼女は無言を貫いたため、裁判を経ることなく国家反逆罪の罪で重犯罪者が収監されるＩＫ２に投獄されたのだ。また、アンナの逮捕後に姿を消したイワン・ジャリノフも指名手配されている。

「ちっとも、綺麗《きれい》になっていないね」

アンナの脇に立っている女性刑務官が、床に唾《つば》を吐いた。

「はい。すみません。カリーナ刑務官」

アンナはか細い声で返事をすると、近くに置いてあるバケツに浸《つ》けてある雑巾《ぞうきん》で、唾を拭《ふ》いた。

「馬鹿野郎。汚い水で拭いたら余計汚れるだろう」

カリーナはバケツを蹴って水を床にぶちまけた。

「……はい」

「モップで拭き取れ！」

カリーナは雑巾を手にしたアンナの手を踏みつけた。

アンナは無言で壁に立てかけてあったモップで汚れた水を拭き取りはじめる。モップといっても破れた雑巾が数十センチの棒に括《くく》り付けられたものだ。武器になる可能性があるというので、長い柄のモップは囚人に渡されることはない。だが、お粗末なモップではまともに掃除することもできないのだ。

「やる気があるのか」

カリーナは、アンナの腰を蹴って転ばした。

「……すみません。カリーナ刑務官」

アンナは立ち上がると、再びモップを手にした。逆らうことはない。一度、反抗的に見返したというだけで、不衛生で暖房も効いていない独房に入れられて食事を二日抜かれたことがあるからだ。独房に入れられることは死を意味することと知ったため、逆らうことはできなくなった。

囚人に科せられる労働の中でも床掃除は、掃除という名を借りた拷問であった。この刑務所に入れられた囚人は誰しも経験する。特に政治犯など国家反逆罪で収監された囚人には日常的に科せられる労働であった。

アンナは二月十三日に逮捕され、翌日の夜に収監されている。以来、日に一度、床の掃除をさせられているのだ。この屈辱的な作業の途中で必ずUSBメモリはどこにあると聞かれる。自白を強要する拷問なのだ。

アンナはこれまで様々な苦痛に耐えてきた。データを盗み出す計画を命じたのはケルジャコフで、逮捕された際に彼は必ず助け出すと約束したからだ。それに、白状した場合は、必ず殺すとも言われた。そもそも彼の犯罪に手を貸したのは、両親を殺すと脅されたからだ。また、データを流出させることで、プーチン体制を弱体化できると言われたからでもある。

一時間後、アンナは雑居房に戻された。六畳ほどのスペースに二段ベッドが二つ設置されており、腰までのコンクリートの衝立《ついたて》の奥に蓋《ふた》のないトイレがあるだけで、洗面所はない。廊下との仕切りは昔ながらの鉄格子である。

同居人は四十代のガリーナと三十代半ばのイレーナという女で、どちらも殺人と窃盗の罪で収監されていた。

「また、床掃除をしてきたのか。どうりで臭いはずだ」

ベッドに座っているガリーナが鼻を摘《つま》み、右手を顔の前で振った。暴力を振るわないだけましだ。

「そんなことを言うもんじゃないよ。可哀想に」

イレーナが優しく庇《かば》った。彼女はいつも優しい言葉を掛けてくるが、アンナは彼女のことをFSBの犬だと思っている。親切振ってやたらとアンナのことを聞いてくるのだ。ガリーナの粗暴な振る舞いも、イレーナの親切を引き立てるためと思っている。

「すみません」

アンナはベッドではなく、鉄格子近くの床に座った。下段のベッドは、ガリーナとイレーナが使っており、上の段であるアンナは就寝時間以外に使えばガリーナから滅多打ちにされるのだ。

「すみません、すみませんって、目障りなんだよ。さっさと、盗んだデータの在処《ありか》を白状しな！」

ガリーナはアンナの腹を蹴《け》った後で、慌てて口を手で塞《ふさ》いだ。

「あんた、馬鹿じゃないの！」

イレーナがガリーナに向かって怒鳴った。

「……！」

アンナは蹴られた腹を押さえて、二人を睨《にら》みつけた。

第二刑務所

1

三月一日、午後三時五十分。モスクワ。

紺色のロシア内務省の制服を着た夏樹はベンツSクラスのハンドルを握り、クズネツキー大通りを走っている。

ベンツと制服は、沈俊に揃えてもらった。梁羽からFSBの諜報《ちょうほう》員リストを盗み出すという作戦の内容を伝えてもらい協力してもらったのだ。

沈俊は三十数年前に、モスクワの安全的家の管理をするように命じられ、以来ロシアに住んでいるらしい。今でこそ、表面上は同盟国であるが、当時は敵対していた。ロシア行きは、栄転ではなく、左遷、あえていうなら流刑に近かったそうだ。

というのも、一九八〇年代後半からソ連はペレストロイカで市民意識が高揚し、人々は自由を求めるようになったからだ。市民意識の高揚こそ、中国が一番恐れる革命に繋《つな》がる。中国は、そのためソ連を忌避した。沈俊がモスクワ行きを命じられたのは、彼の反骨精神に対する罰だったらしい。

夏樹がFSBの諜報員リストを盗み出して公表すれば、ロシアだけでなく、同盟国の中国にも痛手になる。沈俊は、それならと喜んで協力すると言ってくれた。

助手席には同じ制服を着たレオナが、表情もなく座っている。

「もう少し、リラックスしてくれ」

夏樹は苦笑して言った。レオナは緊張しているのか、青白い顔をしている。

「リラックス！　できるわけないでしょう」

レオナは苛立《いらだ》ち気味に言った。

「心配事でもあるのか？」

夏樹はボリシャヤ・ルビャンカ通りとの交差点の信号で車を停め、冷たく尋ねた。プロの諜報員が感情を顔に出すようでは困るのだ。

「MI6の協力をすべてキャンセルしているのよ。うまくいけば問題ないけど、失敗したら私は局から抹殺されるわ。もっとも、失敗したら、帰国することなくロシアで死ぬことになるけど。まったく、クレイジーよ！」

レオナは鬱憤《うっぷん》を晴らすかの如く、声を張り上げた。

MI6が偽の命令をクレムリンからIK2に出し、刑務官に扮《ふん》した夏樹とレオナが迎えに行くというプランはキャンセルしている。MI6で護送車の手配が結局できず、普通車を使うということになっていた。夏樹は作戦の成功率を疑っていたのだ。

モスクワには四人のMI6の職員が常駐しているらしいが、彼らの力量が分からないということも問題であった。

「日本には『風が吹けば桶屋《おけや》が儲《もう》かる』という諺《ことわざ》がある。ことの起こりと結果の因果関係は一見して分からない。だが、順を辿《たど》っていけば、必然性があるという意味だ。命令書があってもいきなりIK2に行けば、向こうも構える。命令書に必然性がないからだ。自然の流れにすることで作戦の成功率も上がる」

夏樹は淡々と説明した。

「あなたが立てたプランだから従うわ」

レオナは上着のポケットから封筒を出して言った。内務省の刻印がある命令書である。森本が作成したデータを沈俊のところでプリントアウトした。もっとも、森本は内務省のサーバーをハッキングしただけでニエボ・ディアベルが作成したらしい。

夏樹は交差点を抜け、ボリシャヤ・ルビャンカ通りにある検問ゲートの前で停まった。FSB本部であるルビャンカの駐車場入口の検問所である。

警備員が警備ボックスの窓を開けて顔を覗《のぞ》かせた。

夏樹はウィンドウを開けて身分証を車の外に提示した。外気はマイナス二度。ロシア人にとっては特別寒いという気温ではないはずだが、ルビャンカに不審者は入って来ないと決め込んでいるのだろう。

警備員は右手を振って答えると、ゲートは上がった。

夏樹は車を駐車場に停め、庁舎の裏口のドアを開ける。レオナは、書類鞄《かばん》を手にしていた。夏樹の鞄持ちという設定である。

正面にエレベーターホールがあり、その前に門型金属探知機があった。ゲート前にAK12で武装した警備兵が、二人立っている。二〇二〇年から旧型のAK74Mから代替わりした第五世代のアサルトライフルである。

「身分証を一人ずつ提示してください」

右側の兵士が言った。左側の兵士は銃口こそ向けていないが、両手でAK12を抱えている。将校クラスに対するにしては不遜《ふそん》な態度と言えなくもない。

「内務省のトルビンスキ中佐だ。捜査情報部長にコンタクトを取っている」

夏樹は、そう言うと身分証を提示した。

兵士は夏樹の身分証のバーコードを探知機前に置いてあるスキャナに掛けた。夏樹の身分は森本に作らせたが、内務省のサーバーにデータとして打ち込んであるので実在することになっている。

夏樹は腰のガンホルダーからレベデフ・ピストルを出し、別の警備兵に渡すと、門型探知機を潜った。レベデフ・ピストルは、カラシニコフ・コンツェルンの新銃で二〇二一年五月からロシアの警察や軍で採用されている9ミリ拳銃《けんじゅう》である。コンパクトタイプだがマガジンには十四発も装塡《そうてん》でき、輸出向けにマガジンの装弾数が十六発のPL-15も発売された。トリガーが軽くて短いため扱いやすいと評判がいい。

「ありがとうございました」

銃を預かった兵士は、夏樹に銃を返した。

レオナは無言で身分証と銃を出し、門型金属探知機を通る。

「失礼ですが、念のためお名前を聞いてよろしいですか？」

身分証を渡された兵士が、スキャナに掛けた後で彼女の身分証を見ながら尋ねてきた。

「私はエレーナ・ワリエワ、中尉よ。何か問題でもある？」

レオナは眉間《みけん》に皺《しわ》を寄せた。

「部下が女だからと馬鹿にしているのか？」

夏樹がドスの利いた声で尋ねた。

「いっ、いや。問題はありませんでした」

兵士は首を振って、レオナに身分証を返した。彼女が一言も発しなかったので違和感を覚えたのかもしれない。

「それならよろしい」

レオナは別の兵士が持っている自分の銃を受け取り、ふんと鼻息を漏らした。

二人は警備兵から入館証を受け取ると、エレベーターに乗って三階のボタンを押す。

二人とも押し黙っている。FSB本部には要所に設置してある監視カメラ以外にも盗聴器や盗撮カメラがあるため、私語は慎んでいるのだ。来客や侵入者のためというより、職員の監視用だろう。

三階でドアが開くと、目の前に二人の警備兵を従えた制服姿の男が立っていた。

「お待ちしていました」

男は言葉とは裏腹に睨《にら》みつけてきた。

2

夏樹とレオナは、捜査情報部長室のソファーに座っていた。

四十平米ほどの部屋に立派な執務机があり、その脇にロシアの国旗が立て掛けてある。

先ほど警備兵を連れて出迎えたのは捜査情報部所属の将校だが、内務省から来たという夏樹らが気に食わなかったらしい。案内するだけでよかったのだが、わざわざ警備兵を連れて意味もない質問をされた。

捜査情報部長であるセルゲイ・コロヴィン大佐は、FSBの幹部会議で他の階にいるようだ。会議が長引いているらしく、夏樹らは午後四時の約束をしていたのだがすでに十分経過していた。

執務室のドアが開き、恰幅《かっぷく》のいい男が入ってきた。コロヴィンである。

夏樹とレオナは同時に立ち上がり、敬礼した。

「待たせたかな」

コロヴィンは執務机の椅子に座ると、机の引き出しを開けてウィスキーのボトルを出して夏樹らをちらりと見た。会議が終わって息抜きをしたいのだろう。

「我々は遠慮しておきます」

夏樹は首を振ると、レオナに目配せした。彼女は書類鞄から封筒を出して夏樹に渡す。リハーサルをしたわけではないが、自然な動きである。

「大佐。内務大臣からの命令書をご確認ください」

夏樹は進み出て執務机に命令書の封筒を載せた。

「電話で内容は言えないと言われたが、それほど極秘命令なのかね」

コロヴィンはグラスにウィスキーを注ぎながら言うと、封筒から命令書を出した。

「お目通しを」

夏樹は起立したまま促した。

「本日中にアンナ・イワノワをブトイルカ収容所に収容せよか。簡単な命令だが、我々が不当逮捕をしたと言っているようなものだ。FSBの極秘情報を盗んだ女なんだぞ。裁判抜きで収監してどこが悪い？　この国に人権などないことなど、君らだって知っているだろう。ここはロシアなんだぞ。それに盗まれたデータを入れたUSBメモリの在《あり》処《か》を彼女から聞き出す必要があるのだ。ＩＫ２に入れるのが適切だとは思わないか？」

コロヴィンは声を荒らげると、ウィスキーを呷《あお》った。彼の命令により裁判抜きで、アンナをＩＫ２に入れたことは分かっている。それだけに怒っているのだろう。あるいは、処分を恐れて逆ギレしているのかもしれない。

「大佐。御言葉ですが、大臣からの命令なんです。しかも、諜報《ちようほう》員リストのデータを盗まれるという失態を大統領まで報告をあげてもいいのですか？」

夏樹は冷たい視線をコロヴィンに送った。

「馬鹿な。諜報員リストのことを内務省がどうして知っている？」

コロヴィンの顔が青ざめた。諜報員リストのデータが流失したことは、極秘になっている。むろんプーチンの耳に入れば、とんでもないことになるからだ。

「内部告発があったのです。そもそもＦＳＢで内紛が起きていることは大統領もご存知です。下手をしたら、大統領はＦＳＢを解体するなんてことも言いかねません。いまのところ、我々の力で情報が漏れることを防いでいますが、それは大佐次第ですね。対応はお任せしますが」

夏樹は勿体《もったい》ぶって言った。本当はケルジャコフのことも話したいのだが、コロヴィンが親大統領派かそうでないのか確かめようがないのでできなかったのだ。

「なっ！　内紛のことを大統領もご存知なのか！」

コロヴィンは両眼を見開いた。

「今は、噂程度です。我々の口も今のところ、堅いのでご心配なく」

夏樹は右手で唇をファスナーで閉めるような仕草をした。

「……分かった。アンナ・イワノワの護送を我々が責任を持って行おう」

コロヴィンは大きな溜息《ためいき》を吐くと、肩を竦《すく》めた。

「彼女は我々が取り調べます。自白内容は、大佐にもお知らせしますので、ご安心ください。それから、護送には我々も同行します」

夏樹はソファーから立ち上がった。

「待ってくれ。……私だ。すぐに来てくれ」

頷《うなず》いたコロヴィンは、内線電話で部下に連絡した。

待つこともなくドアがノックされ、さきほど夏樹らを案内した将校が現れた。

「紹介する、イワン・カブロフ少佐だ。こちらは」

「存じております」

カブロフはコロヴィンの言葉を遮って言った。大統領の肝入りで発足しただけにFSBは特権意識があるのだろう。

「トルビンスキ中佐と一緒にIK2に行き、アンナ・イワノワをブトイルカ収容所に移送して欲しい。今からIK2の所長宛の命令書を書くから、すぐに出発してくれ」

コロヴィンは白紙にペンで書き込みながら言った。

「改めて自己紹介する。私はトルビンスキ中佐だ」

夏樹はわざと中佐だと声を高めると、カブロフに近付いて右手を伸ばした。他の政府機関だろうと階級は絶対である。

「はっ、はい。よろしくお願いします」

カブロフは夏樹と握手をしながら顔を引き攣《つ》らせている。容赦無く握っているので、カブロフの手が真っ赤に染まってきた。

「頼んだぞ。カブロフ少佐」

笑みを浮かべた夏樹は手を放すと、カブロフの肩を親しげに叩《たた》いた。

3

午後四時四十分。

夏樹が運転するベンツは、モスクワ郊外の高速道路M7を東に向かっていた。後ろに装輪装甲車GAZ-2330、ティーグルが走っている。すぐ後ろのティーグルにカブロフが乗っており、重武装した六人の部下を引き連れていた。

カブロフは、二人の部下だけ同行させるつもりだったが、夏樹が重犯罪者を護送するのに最低六人は必要だと助言したのだ。たかが女性囚人一人をとカブロフは首を傾げたが、コロヴィンは夏樹の用心深さを褒めて四人の重武装兵を補充した。

「一体、どういうつもり。兵士を四人も補充して」

ルビャンカを出てから黙っていたレオナが、口を開くなり文句を言った。アンナをIK2から出し、帰る途中でカブロフらを襲って奪う計画である。敵が増えたと怒っているらしい。

「理由は二つある。一つは、信頼を得て相手を油断させるためだ。彼らと闘わずしてアンナを連れ去ることは簡単だ。もう一つは、ケルジャコフを警戒している」

夏樹は欠伸《あくび》を噛《か》み殺した。ＩＫ２に行くまでは何も起こらないことは分かっている。気が緩んでいるのではなく、自ら緩めてリラックスしているのだ。

「ケルジャコフ？　あんなジジイに何が出来るの？」

レオナは首を傾げた。

「あの男をみくびってはいけない。アンナを取り戻すためにすでにロシアに入っているはずだ。今ごろは仲間と合流しているだろう。我々がアンナを回収したところで襲撃してくると私は思っている」

夏樹は横目で答えた。ケルジャコフにはさんざん出し抜かれている。見てくれは冴《さ》えない男だが、他人をコントロールするのが上手《うま》い。知略に長《た》けた老練な諜報員である。単独ではなく協力者も複数いるはずだ。

「そうなの？　あなたなら簡単に排除できるでしょう？」

レオナは肩を竦めた。彼女はまだケルジャコフを評価していないらしい。諜報員としてのキャリアの違いだろう。

「言っただろう。侮るなと。アンナを連れてＩＫ２を出たら、警戒することだ」

夏樹は首を振って口調を強め、割り込んできたトラックにクラクションを鳴らした。

Ｍ７はモスクワからロシア連邦中央部にあるバシコルトスタン共和国の首都ウファを結ぶロシア連邦道路で、総距離は千三百五十一キロというロシアの大動脈だ。基本的に片側四車線だが、出入口近くや追い越し車線で、五車線から六車線になる区間もある。

道幅は広く整備されているが、交通量は多く、ルールを守らないドライバーも多いため快適とは言えない。

午後六時二十分、三台の車列はポクロフという街でM7から一般道であるゲラシモヴァ通りに入った。八百メートルほどで民家は絶え、雑木林に囲まれた寂しい場所になり、車のライトが道路で白く反射する。

夏樹は速度を緩めた。雪が踏み固められたアイスバーンになっているのだ。

「ここか」

夏樹はカーナビを見て右にハンドルを切った。標識はないが、西に向かう道路はここしかないのだ。

森の中を三百メートルほど進んだところで道は左にカーブし、五十メートルほど南で停まった。中央に鋼鉄製の門がある巨大な建物が忽然《こつぜん》と現れたのだ。看板の類《たぐい》は何もないが、IK2であることは窓もない異様な外観で分かる。門の脇にある警備ボックスから二人の武装警備員が、自動小銃を肩に担いで現れた。さすがに黒塗りのベンツだけに銃を手に近付くような不敬はしないようだ。

警備員は白い息を吐きながら、運転席の脇に立った。

ウィンドウを下げると、寒風とともに粉雪が吹き込んでくる。

「内務省のトルビンスキ中佐だ。連絡は入れてある。門を開けろ」

夏樹はIDを見せ、命令口調で言った。

「お待ちください」

警備員は、ＩＤをチラリと見ただけで右手を頭上で振った。監視カメラに向かって合図を出しているのだろう。

鋼鉄製の門がゆっくりと開く。

「進んでください」

警備員は右手を門の内側に向かって回した。

夏樹はベンツをゆっくりと走らせて敷地内に入ると、百二十メートルほど先にある建物の前で停めた。刑務所の司令所で、幹部の宿舎にもなっているらしい。職員の宿舎や食堂は、正門近くの建物にあるそうだ。

反対側の右手に五つの監房《かんぼう》棟や囚人を労働させる工場はあるが運動場はない。ロシアの刑務所の特徴で囚人の健康を管理する必要がないからだろう。敷地は南北に長く、アンナが収容されている女性用の第五監房棟は正門と逆の南の端にある。

車を停めて夏樹とレオナが降りると、司令所から職員が出てきて二人に敬礼した。

「刑務官のシチェンコです。ご案内します」

カブロフと部下も後続車から降りてくると、シチェンコと名乗る職員が司令所に案内した。五つの監房棟には監房のドアの開閉と監視活動を行う警備室があり、司令所には五つの監房棟の警備室に指令を出し、敷地内のすべての監視カメラの映像を管理するセキュリティセンターがある。

夏樹らは百平米以上ある体育館のような部屋に通された。講堂のようだが、バスケットボールのゴールもあるので、職員用の厚生施設だろう。

年配のスーツ姿の男と、手錠と足枷《あしかせ》をされた若い女性が警備員に連れられて現れた。収監されて二週間ほどのはずだが、写真で見たアンナよりもかなりやつれて青白い顔をしている。足取りもかなり怪しい。食事も満足に与えられていないのだろう。

「所長のアニュコフです。三十分も前からアンナ・イワノワを待機させていましたよ。受取書にサインしてください」

不機嫌そうな顔で言ったアニュコフは、挨拶《あいさつ》もしないで夏樹に書類を渡してきた。面倒なことはしたくないのだろう。

「内務省のトルビンスキ中佐です。移送の責任者は、FSBのカブロフ少佐です。彼から命令書を受け取ってサインを貰《もら》ってください」

夏樹は部下たちと一緒にいるカブロフを指差した。

「FSB捜査情報部のカブロフです。命令書をお持ちしました」

紹介されたカブロフは、命令書の入った封筒をアニュコフに差し出した。

「見なくても何が書いてあるか分かっている。受取書にサインしたら、さっさと囚人を連れて行ってくれ」

アニュコフは封筒を受け取り、開封もせずにポケットに入れると手元の書類をカブロフに渡した。

「恐れ入ります」

カブロフは受取書にサインしてアニュコフに返すと、二人の部下が警備員からアンナを引き取った。

「それじゃ、失礼します」

夏樹はカブロフに頷《うなず》くと、講堂を出た。

けたたましい警報音が鳴り響く。

「どうした？」

眉間《みけん》に皺《しわ》を寄せたアニュコフが、部下に尋ねた。

「第二監房棟のドアが、すべて勝手に開きました」

別の部屋から出てきた職員が、アニュコフに報告した。

「馬鹿な！　凶悪殺人犯の監房じゃないか！　警備員と刑務官をすべて第二監房棟に向かわせるんだ」

夏樹とレオナは顔を見合わせた。ケルジャコフは夏樹らがアンナをＩＫ２から連れ出してから襲ってくると思っていた。

だが、そうではないらしい。アンナを脱獄させるため、離れた場所の第二監房棟で騒動を起こしたのだろう。刑務所内部に協力者がいるはずだ。第五監房棟は正門と反対側の敷地の奥にあるので、塀の外から脱出させるのかもしれない。とはいえ、すでにアンナが監房から出されたことまでは探知していないようだ。

「カブロフ！　騒動に巻き込まれる前にここを出るぞ」

夏樹はカブロフを促し、レオナと共に玄関へ向かった。第二監房棟の騒動が大きくなれば、刑務所は閉鎖される。車で出入りできるのは、正門だけなのだ。

「分かった」

カブロフは部下を引き連れて駆け出した。

夏樹とレオナがベンツに乗り込んだ。カブロフはアンナを連れた二人の部下と一台目のティーグルに乗り、残りの四人の部下は二台目のティーグルに飛び乗る。

三台の車は、路面の雪を蹴《け》散《ち》らしながら正門を抜け、雪道に出た。

「危なかったわね」

レオナは大きな息を吐き出した。

「油断は禁物だ」

夏樹はバックミラーを見た。今のところ追手はいないようだ。

車列はゲラシモヴァ通りに入った。

衝撃が走り、車がアイスバーンでスピンして停止した。

「スティンガーだ」

叫んだ夏樹は、銃を抜いた。直前に黒い帯が路面を横切った。伸縮する針山状の〝スティンガー・スパイクシステム〟が使われたに違いない。

轟音《ごうおん》！

最後尾のティーグルが吹き飛んだ。同時にパンという乾いた音とともにベンツの後部ドアウィンドウが破られて催涙弾が、後部シートに転がり込んだ。途端に猛烈な白煙を噴き出す。

レオナが咳《せ》き込みながらドアを開けた。

「待て！」

夏樹はレオナの腕を摑《つか》もうとしたが、彼女はすり抜けるように外に飛び出した。途端にレオナは銃撃される。

「くそっ！」

舌打ちをした夏樹はドアを開けると、身を低くして数メートル先に現れたバラクラバを被《かぶ》った男の頭を撃ち抜く。敵はボディアーマを着用しており、考えるよりも先に狙った。

車を回り込んで車道脇の雑木林にいる男を銃撃すると、レオナのところまで走る。

カブロフの乗ったティーグルも襲撃されていた。

「……足を撃たれただけ」

レオナは気丈に振る舞って起きようとした。足を撃たれているが、左肩も撃たれている。撃たれたことに気付いていないというか意識が飛んでいるらしい。

「動くな。じっとしているんだ」

夏樹はハンカチを出し、肩の銃創に押し当てた。太腿《ふともも》を銃弾が貫通しており、出血は少ないが歩くことはできないだろう。

「……あなたの本名を教えて。私はアンジェラ」

レオナは笑みを浮かべて言った。諜報員《ちょうほういん》が本名を名乗るのは、信頼できる相手だけである。逃げられないことを悟っているらしい。

「ナツキ・カゲヤマだ」

夏樹はレオナの耳元で答え、頰にキスした。

「いい響き。行って、私は大丈夫」

レオナは目を閉じた。死を覚悟したのだろう。

溜息《ためいき》を吐いた夏樹は、銃を捨てて立ち上がった。

銃撃音は止んでいる。バラクラバを被り、自動小銃を構えた男たちに囲まれていたのだ。単独なら切り抜ける自信もあったが、レオナを置き去りにはできなかった。

「冷たい狂犬も、じつはお人好《よ》しだったらしいな」

バラクラバの男たちの間からケルジャコフが現れた。足を引きずっている。GPSチップを摘出した患部がまだ痛むのだろう。

「女性には優しいのだ。アンナも殺したのか？」

夏樹は能面のような顔で尋ねた。

「彼女は使える。殺すはずがないだろう」

ケルジャコフは笑いながら夏樹に銃口を向けて発砲した。

「うっ！」

夏樹は激しい衝撃を受けて昏倒《こんとう》する。

4

夏樹は体を揺さぶられ覚醒《かくせい》したが、目を閉じたまま様子を窺《うかが》った。

耳障りなエンジン音と右手のすぐ近くに人の呼吸音が聞こえる。また、左手の遠くから時折男たちの声が聞こえた。襲撃してきた連中がいるのだろう。

エンジン音から飛行機だと分かる。しかも座席ではなく金属製の床に直接座らされているので輸送機に乗せられているようだ。

呼吸音は、か細く間隔が短いので女性でしかも体力的に弱っているらしい。

夏樹は薄目を開けて瞳《ひとみ》を移動させるだけの視界を確認した。やはり、輸送機らしいが、それほど大きなタイプではない。サイズ的にもロシア製というのならアントノフ26だろう。巡航速度は四百四十キロ、航続距離は積載量にもよるが、燃料が満タンで最大二千五百五十キロである。

目を閉じて記憶を辿《たど》ってみる。襲撃されてレオナが二発の弾丸を受けた。彼女を見捨てて脱出することもできたが、その選択肢はなかった。結果的に捕まったが後悔はしていない。

バラクラバを被った六人の兵士に囲まれ、彼らを掻《か》き分けて現れたケルジャコフは、変わった銃を手にしていた。発砲されて強烈な電気ショックに襲われた。それがテーザー銃だと理解したのも束の間、気を失ったのだ。

外見は拳銃《けんじゅう》に似ているが、銃身に電極カートリッジをセットするトルコ製のワトズ（Wattozz）である。意識を失うほどに電圧を高めてあったのだろう。

機体が揺れたのでそれに合わせて体を左右に揺らして機内を確認した。すぐ近くにアンナが手錠をかけられて座っており、気を失っているのか目を閉じている。レオナの姿はない。夏樹らは飛行機の一番奥にいる。床と思われたのは、後部の貨物室ハッチだったからだ。

貨物室の中央に金属製の頑丈なコンテナがロープで固定されている。ロシア語で「取り扱い注意」と表記されているのでアサルトライフルや爆薬が入れてあるのだろう。

コンテナの隙間から男たちが、コックピット近くのベンチに座っているのが見えた。コンテナが邪魔で人数は分からない。ケルジャコフもいるのかもしれないが、そこまでは確認できなかった。

機体が再び揺れた。気流が悪い空域を飛んでいるのだろう。

夏樹は男たちに背を向ける形になり、口から直径2ミリ、長さ30ミリの鋼鉄の棒を吐き出して右手に隠し持った。レオナを看取《みと》っている際、敵に囲まれていることは分かっていた。そこで、いつもベルトに差し込んである鋼鉄棒を取り出して口の中に隠し持っていたのだ。ワトズで撃たれる前に準備したのは正解だった。

ベルトには二種類差し込んであり、一つは片方の先端が尖《とが》っており、武器にもなる。今回は口の中にいれるため、両端が丸くなっている方を選んだ。手錠など簡単な構造の鍵《かぎ》なら外すことができるピッキングツールである。

敵に捕まった場合、身包《みぐる》み剝《は》がされて手錠をかけられる可能性も高いため、いつも隠し持っているのだ。案の定、所持品はもちろんズボンのベルトまで抜き取られていた。

夏樹は右手を伸ばし、アンナの膝《ひざ》を揺すった。

アンナはゆっくりと目を開き、夏樹に気が付くと両眼を見開いた。

夏樹は唇に人差し指を立てて彼女を落ち着かせた。

「怪我はないか？」

夏樹は小声で尋ねた。

アンナは声を発せず、頷《うなず》いてみせた。よほど恐ろしいのだろう。

「どこに向かっているのか、分かるか？」

「ソチ」

アンナは聞き取れないほどの小声で答えた。

「ソチか……」

夏樹は渋い表情になった。ソチは黒海《こっかい》に面したクラスノダール地方の都市で、ロシアでトップクラスのリゾートである。プーチンの別荘があるという噂もあるが、確認されていない。ケルジャコフは、USBメモリとアンナを手に入れた。わざわざ千四百キロも離れた場所に行く理由が分からない。

夏樹は目を閉じた。輸送機の騒音に紛れて、背後から足音が近付いてくる。僅《わず》かに足を引きずっているようだ。

「起きているんだろう？」

ケルジャコフの声である。

「私を生かしておく、理由はなんだ？」

夏樹は体を半回転させて向き直った。

ケルジャコフは、他の男たち同様にまだ武装解除していない。ベルトにはレベデフ・ピストルを入れたホルスターとロシア製手榴弾《しゅりゅうだん》ＲＧＤ－５のホルダーを備え付けている。ボディアーマにも複数のマガジンポーチを取り付けたままだ。襲撃された際、ＲＧＤ－５を使わなかったのは、アンナと夏樹を生捕にするためだったのだろう。だが、カブロフと部下は皆殺しにされたに違いない。レオナもおそらく殺されたはずだ。

ケルジャコフはモスクワ郊外のジュコーフスキー空港あたりから輸送機に乗ったのだろう。まだ、武装解除していないところをみると、離陸したばかりに違いない。

「殺さない理由？　君に何度も命を救われた。恩返しだよ」

ケルジャコフは肩を竦《すく》めた。

「おまえは嘘を吐く時は、右頰が僅かに動く癖がある。それを隠すために関係のない時もわざと動かしているんだ」

夏樹は鼻息を漏らした。ケルジャコフが嘘を吐く際に右頰を動かす癖があるのは分かっていたが、わざとする時もあった。癖かブラフかこれまで判別できなかったが、いまならできる。

「鋭いな。この癖は、自分でもどうしようもない。だから、わざと右頰を動かして誤魔化してきた。君はフリーのエージェントのはずだ。優秀な君が我々の仲間になってくれれば、助かる。むろん好条件で君と契約するつもりだ。殺しては業界としても損失というわけだ」

ケルジャコフは笑みを浮かべてみせた。

「取引相手にこれか？」

夏樹は両手を持ち上げ、手錠を鳴らした。

「取引するのは、私じゃないんだ。機内で暴れるほど君が馬鹿とは思っていないが、用心に越したことはないだろう」

ケルジャコフは首を小さく振った。

「取引相手は、おまえの上司ということか？」

夏樹は目を細めて尋ねた。ケルジャコフの言うＦＳＢの構造改革は、結果的には大統領であるプーチンを助けるためにしていると思っていた。だが、プーチンのためにしているのなら、モスクワというかクレムリンに戻るはずだ。もっとも、プーチンの隠れ別荘がソチにあるのなら別だが。

「我々を雇っている人物の名前は言えないが、オリガルヒだ。だから、金には困らない。いい取引になるはずだ」

ケルジャコフは真顔で答えた。

「オリガルヒ？　今やプーチンに狩られる側の？」

夏樹は首を傾げた。プーチンがウクライナ侵攻を宣言したことを、多くのオリガルヒが批判している。プーチンは表立って彼らを非難していないが、必ず制裁を加えるだろう。

「馬鹿な。オリガルヒも色々だ」

ケルジャコフは苦笑してみせた。

「名簿を公開すれば、プーチンにとって利益はない。だからと言って反体制派のオリガルヒでもない。現体制を維持しつつ、プーチンを破滅させ、それに成り代わろうとするオリガルヒということなのか」

夏樹は顎《あご》を摩《さす》って考えた。プーチンにとってFSBのデータは漏れない方がいい。USBメモリを破棄し、アンナを闇に葬ればそれですむはずだ。だが、ケルジャコフはアンナを生かしている。ということはデータを公開するつもりなのだ。ケルジャコフを雇っているオリガルヒは、プーチンを破滅させようとしているらしい。だが、そこまで野心的なオリガルヒがいるかということだ。

「さすがのあんたでも答えはでないだろう。ソチに彼の別荘がある。そこで、直接会って話をして欲しいのだ。彼の提示する金額に絶対納得するだろう。半端じゃないぞ」

ケルジャコフは両手の指先を下品に動かした。彼は高額で買収されたのだろう。ジャリノフからも金をむしり取ろうとした。金に卑しい男なのだ。

「金か。俺は安くはないぞ。取引に応じよう。どうでもいいが、喉《のど》が渇いた」

夏樹は「金」という言葉に反応して卑しく笑ってみせた。金で動く人間は、金で他人の心を動かせると信じている。

「手錠は外せないが、ミネラルウォーターなら飲ませてやる。こっちに来い」

ケルジャコフは手招きをした。貨物室の前方に荷物が置いてあるらしい。

「腹も減っている」

夏樹は立ち上がった。

5

アントノフ26は、ロシア南部のクラスノダール地方の上空を飛んでいた。

「十時五十分か」

夏樹は腕時計を見て呟《つぶや》いた。ケルジャコフに仲間になると信じさせて、腕時計は返してもらった。だが、他の私物は現地に到着してからだと言われている。

コックピット近くでケルジャコフと世間話をしながら、いくつか情報を得た。午後八時にモスクワ近郊のジュコーフスキー空港を離陸したそうだ。巡航速度の四百四十キロで飛行した場合、三時間十分ほどでソチ国際空港に到着するだろう。あと十分前後で着陸態勢に入るはずだ。

武装兵は六人で元ロシア陸軍に所属していた傭兵《ようへい》だと分かった。襲撃された際に夏樹が二人も殺しているが、彼らは気にしていないらしい。金で雇われているからだろう。男たちとも会話を交わし、彼らが〝ワグネル・グループ〟に所属している傭兵だという確信を得た。

〝ワグネル・グループ〟は、ロシア政府は認めていないが非公式のプーチン直下の軍事組織である。〝プーチンのシェフ〟と呼ばれているオリガルヒのエフゲニー・プリゴジンの資金で成り立っており、プーチンの命を受けて世界中で非合法な秘密作戦を展開していた。そのすべてが、ロシアのためというより金のためで、得られた報酬はプーチンの懐に入るらしい。

傭兵らはウクライナ侵攻が、一週間経っても終わる気配がないことをあからさまにプーチンが無能だからと罵《ののし》っていた。それをケルジャコフは否定する様子もないのだ。ワグネルはウクライナ侵攻で最も重要で危険な作戦に就いていると、現地で闘っている藤堂からも直接聞いている。彼らはそれが功を奏しないのは命令を下したプーチンの責任だとあからさまに言うのだ。

末端の兵士が平気で批判するということは、トップである狡猾《こうかつ》なプリゴジンも理解しているだろう。ワグネルはプーチンの命令に従ってウクライナに傭兵を送り込む一方で、彼が失脚するように画策しているようだ。

戦局次第でどちらにも対応できるようにしているに違いない。ロシア軍が敗走するなら、プリゴジンは新たなリーダーを立てるか、あるいは自ら政権を奪取という暴挙に出る可能性もある。

「アンナに水をやろう。死んでしまうぞ」

夏樹はケルジャコフの部下からミネラルウォーターのペットボトルを受け取ると、後部ハッチに向かった。

「大丈夫か？」

夏樹はペットボトルのキャップを外してぐったりとしているアンナに渡した。ケルジャコフらに背を向けているので、隠し持っていたピッキングツールで右手の手錠だけ外した。右手首に手錠を軽くかければ誤魔化せるからだ。

「ええ、なんとか」

アンナは勢いよく半分ほど飲み干して長い息を吐き出した。

「もうすぐ脱出する」

夏樹は話しながらアンナの左手の手錠も外し、彼女にチョコバーを渡した。貨物室の壁面の棚にチョコバーやミネラルウォーターのペットボトルなどが入れられた段ボール箱があった。傭兵のための携帯食である。また、その上の棚にパラシュートが五つ載せてあるのも確認していた。人数分ないのは、乗員のための非常用と予備なのだろう。

「空港に着くの？」

アンナは不安げな顔で尋ね、赤くなった手首を摩《さす》りながらケルジャコフらに見えないように体の向きを変えた。

「機体が激しく揺れるかもしれないから、どこかに摑《つか》まっていてくれ」

夏樹はアンナの肩を優しく叩《たた》くと、ケルジャコフらの許《もと》に戻った。彼女に下手に作戦を教えると狼狽《うろた》えるだろう。いきなり本番にした方がいいのだ。

「数分で着陸態勢に入るそうだ」

ケルジャコフは、振り返って言った。

「私は降りる」

夏樹はケルジャコフの背後に回り、彼のホルスターからレベデフ・ピストルを抜き取ると正面の男の眉間《みけん》を撃ち、ケルジャコフを羽交い締めした。さらに隣りの男のこめかみを撃ち抜く。

「なっ！——」

誰しも啞然《あぜん》としている。機内で銃を使う危険性を分かっているからだろう。銃を使うなど異常である。だからこそ、確実に頭を狙っているのだ。

素早く反応して銃を抜いた男の眉間を撃つと、ケルジャコフが夏樹に肘打《ひじう》ちを入れて離れた。慌てることなく、夏樹はケルジャコフの太腿《ふともも》を撃ち抜いた。

「なっ！」

夏樹は右眉《まゆ》を吊《つ》り上げた。銃がスライドオープンしたのだ。ケルジャコフの銃にはたったの四発しか銃弾が残っていなかった。襲撃時に銃弾を十発も撃ったが、マガジンを換えていないらしい。

隙を見て銃を抜いた正面の男の顔面に銃を投げつけると、右手の男のパンチを避けた。だが、左手の男の回し蹴《げ》りを左脇腹に食らって、壁面に叩きつけられる。

「銃を使うな！」

蹴りを入れてきた男がタクティカルナイフを出し、銃を抜こうとした別の男を怒鳴りつけた。

夏樹は後ろに下がって体勢を整える。貨物室は狭いため、二人が正面に立った。三人並んで闘えるほど充分な広さはないのだ。もっとも、銃を投げつけた男は、鼻から大量の血を流しながらコックピットの壁に寄りかかって気絶している。

「ぶっ殺してやる」

蹴りを入れてきた男が夏樹の左前に移動すると、ナイフを鋭く左右に振った。同時に右前から別の男がナイフを突き入れてくる。巧みな連携プレーだ。懐に飛び込めない。

右側の男のナイフを避けると、左側の男のナイフが夏樹の左腕を切り裂く。

「くっ！」

眉間に皺《しわ》を寄せた。

すかさず右側の男が踏み込み、夏樹の脇腹を狙ってきた。

夏樹は体《たい》を右に入れながら回転させて右手で相手の手首を摑むと、肘で男の体勢を崩しながら手首を捻《ひね》って素早くナイフを左手で奪う。動きを止めずに体の回転を戻し、同時に左手のナイフで男の首を貫いた。八卦掌《はっけしょう》の動きに古武道の技を使ったのだ。

左側の男が、ナイフを振り下ろす。夏樹は右前方に飛び込みながら首にナイフを突き立てた男のホルスターから銃を抜き、左側の男の胸に銃弾を三発撃ち込んだ。男は壁面に吹き飛ばされて気絶した。ボディアーマで防いでいるが至近距離なので衝撃はある。

「いい加減にしろ！」

ケルジャコフが大声を張り上げた。

振り返ると、後部ハッチの上でアンナの首を左腕で締め、右手のナイフを彼女の首筋に当てている。

夏樹は銃をズボンに差し込むと、壁面の棚から二つのパラシュートを取り出した。

「何を考えているんだ、貴様！　私の命令に従わなければ、この女は殺すぞ！」

ケルジャコフはアンナの顎《あご》の下にナイフを突き立てた。

夏樹は無言でパラシュートをケルジャコフの足元に投げつけた。

「人の話を聞いているのか？　どうして私が飛行機を降りなければならないんだ」

ケルジャコフは肩を竦《すく》めて笑った。空港に着けば、ワグネルの傭兵が待ち構えているだろう。それにアンナはUSBメモリの認証が解除されれば、必ず殺される。

「死にたくなかったら、さっさとパラシュートを彼女に装着しろ。プリゴジンからもらった金がいくらあっても助からないぞ」

夏樹は別のパラシュートを取り出し、ハーネスを取り付け出した。

「取引先がプリゴジンだとよく分かったな。そんなに降りたければ、一人で降下すればいいだろう。前方ハッチは故障しているから開かないがな」

ケルジャコフはわざとらしく笑ってみせた。

「それがどうした。いう通りにするんだ」

夏樹は顔色も変えずに答え、ハーネスの金具を留めた。ハッチが故障していることは知らなかったが、たとえ知っていたとしても使うつもりはないのだ。

気絶している男のベルトからRGD－5を取り出して安全ピンを引き抜き、起爆クリップを手で押さえた。

「なっ、何を考えている。安全ピンを元に戻せ！」

ケルジャコフは慌ててパラシュートのハーネスを取り付け始める。

「彼女を先に準備するんだ！」

夏樹は怒鳴った。

「おまえの魂胆は分かったぞ」

ケルジャコフは後部ハッチの開閉ボタンをいきなり押した。飛行機を爆破して脱出すれば、生死が不明になり、追手の心配がなくなる。ケルジャコフもようやく理解したようだ。

後部ハッチがゆっくりと開き始め、貨物室が外気で洗われる。アンナは悲鳴を上げて壁面のフレームに摑まった。

「近付くな！　この女を殺すぞ！」

ケルジャコフはアンナ用のパラシュートを蹴って機外に放り出し、ナイフを振りかぶった。彼にとってはアンナの眼球さえあれば、その生死に意味はないのだ。

夏樹は銃をすばやく抜くと、ケルジャコフの眉間に銃弾を命中させる。ケルジャコフは後部ハッチの縁《へり》に仰向《あおむ》けに倒れた。

機体に傾斜がかかった。着陸態勢に入ったのだ。

「まずい」

起爆クリップを外してＲＧＤ－５を携帯食の段ボール箱に投げ込み、猛然と走った。後部ハッチで倒れているケルジャコフのリップコードを引くと、アンナを抱いて機外に飛んだ。ケルジャコフのパラシュートが開き、夜空に吸い込まれるように飛び出す。瞬間、アントノフ26が爆発し、左翼を吹き飛ばして錐揉《きりも》み状態になる。炎に包まれてソチ国際空港手前にある山林に墜落するのは、あっという間であった。

「助けて！」

アンナが悲鳴を上げて夏樹に抱きついてきた。まずいことにリップコードを彼女が押さえつけているので引くことができない。二人は回転しながら落下する。

舌打ちをした夏樹はアンナの首筋に手刀を入れて気絶させ、彼女の力が抜けたところでリップコードを引いた。

大きな息を吐いた夏樹はトグルを調整し、海岸に向かって降下した。

エピローグ

三月二十八日、午後三時二十分。ロンドン、ケンジントン&チェルシー区。

ロンドンは曇り空ながら午後から気温が上がって二十度と春を予感させる。

夏樹は、オールド・ブロンプトン通りにあるアーチ形の古い建物の前でタクシーから降りた。左手には白い薔薇《ばら》の花束を携えている。

建物の一部はノースロッジ・カフェという名のオープンデッキもあるカフェになっており、南北に長いブロンプトン墓地の北側の門の役割もしている。墓地は一八三九年に設立されており、アーチがある中央の二階建ての建物は歴史建造物のせいか使用されていないようだ。

夏樹はコートの前を開け、アーチを潜った。

アーチを抜ける道は道幅もあり、六百メートル南側に建っている教会まで続く。この墓地のメインロード沿いは、歴史を感じさせる立派な墓が並ぶ。だが、二百年近い歳月で、今にも朽ち果てそうな墓石もある。元々は民間によって開設されたが、現在は王室が保有している墓地だ。

しばらく歩いた夏樹は左に曲がり、また右に曲がって細い道を進んで立ち止まる。周囲を見回すと芝生に入り、真新しい墓に花束を置いた。墓石にはアンジェラ・クーパーと刻まれている。レオナ・ヒースと名乗っていた彼女の墓だ。ＩＫ２からの脱出直後に襲撃されて殺された。

背後から近づいてきた男が横に立ち、夏樹に傘をさしかけた。マーク・ハウザーである。足音で誰か分かっていた。

「おはよう。君は……」

ハウザーは夏樹の横顔を見て目を見張った。夏樹は彫りが深い精悍《せいかん》な東洋系の顔になっているのだ。ハウザーにはアンジェラの埋葬と葬式に誘われていたが、断っている。だが、確かめたいことがあるので、墓参りすると昨日伝えていたのだ。

「たまには東洋人の顔になることもある」

夏樹は口角を僅《わず》かに上げたが、素顔に近い状態である。アンジェラは夏樹の素顔を見たがっていた。いまさらではあるが、墓の下で眠る彼女に見せようと思ったのだ。

「君のおかげでウクライナの軍情報部が、今日になってＦＳＢの諜報員《ちょうほういん》のリストを公表した」

ハウザーは何度も頷《うなず》きながら言った。

ソチ上空で爆発したアントノフからパラシュート降下したケルジャコフの死体は、運が悪いことにリゾートホテルのプールに落ちた。大騒ぎの末に地元警察に回収されている。夏樹は夜明け前に警察署に忍び込み、ケルジャコフの眼球をくり抜いて持ち帰ったのだ。

　夏樹はバックアップなしでアンナと、四日もかけてトルコのイスタンブル経由でパリに戻っている。彼女のパスポートはあらかじめ用意してあり、素肌に身につけるポーチに夏樹のパスポートとともに隠し持っていたのだ。アンナは現在も隠れ家に匿《かくま》っている。MI6に渡せば、彼女は厳しい尋問を受けるからだ。

　森本にアンナの網膜認証とケルジャコフの眼球も使ってUSBメモリのロックを解除させた。内部に書き込まれていた情報には、FSBの六百二十人の諜報員の生年月日や出生地、FSBでの経歴、最新の住所や電話番号、Eメールアドレス、旅券番号や所有車のナンバー、それに人物評価まであったのだ。

　夏樹は、今月の八日にパリのホテルでハウザーとデュガリに直接会ってデータを渡している。案の定MI6とDGSIも含めて西側の諜報機関にFSBのモグラがいた。MI6がウクライナの軍情報部にリストの情報を渡したのは、その五日後である。内容だけにメールで送ることもできずにMI6の職員が、英国特殊部隊であるSASの警護を付けてウクライナ入りして直接渡したのだ。

　ウクライナ軍情報部でデータの真偽を確認したため、公表までに時間が掛かったらしい。世間的にはウクライナの優秀な諜報機関が、FSBのサーバーをハッキングして手に入れたことになっている。

「彼女の遺族にも補償してくれたか？」

　夏樹は雨に打たれる墓石を見つめながら尋ねた。夏樹はＭＩ６から三万ポンド、日本円で四百八十万円ほどの報酬で仕事を受けていたが、それをすべてアンジェラの見舞金にするように依頼してあったのだ。

「勝手ながら一千ポンドだけ墓代としてもらって、残りは君が指定していた口座に振り込んでおいた」

　ハウザーは悪戯《いたずら》っぽく言った。

「どういうことだ？」

　夏樹は右眉《まゆ》を吊《つ》り上げて聞き返した。

「襲撃の後、置き去りにされた彼女を現地の職員が救出している。君の作戦を陰ながらバックアップしていた。ＭＩ６としては万全の態勢で臨んでいたのだ」

　ハウザーは笑みを浮かべた。

「だが……」

　夏樹は小さく頷いた。諜報員が生存中に葬式をするのは、引退するか、あるいはさらに機密性の高い職種になる場合のどちらかだ。

「ノースロッジ・カフェに行ってみたまえ、エッグベネディクトがお勧めだよ」

　ハウザーは意味ありげに言った。

「分かった」

　夏樹は振り返りもせず立ち去った。

ノースロッジ・カフェのオープンテラスにあるテーブル席に、サングラスを掛けた黒髪の女性が座っていた。

テーブルにはホットチョコレートのカップと、アイスティーのグラスが載せられている。

「席は、空いているかい？」

夏樹は彼女の対面に立って尋ねた。

「待っていたわ」

アンジェラは笑顔で答えた。

本書は書き下ろしです。
この作品はフィクションです。実在の人物、団体等とは一切関係ありません。

記《き》憶《おく》の奴《ど》隷《れい》

渡《わた》辺《なべ》裕《ひろ》之《ゆき》

令和５年 ３月25日　初版発行

発行者●山下直久

発行●株式会社KADOKAWA
〒102-8177　東京都千代田区富士見2-13-3
電話　0570-002-301（ナビダイヤル）

角川文庫 23581

印刷所●株式会社暁印刷
製本所●本間製本株式会社

表紙画●和田三造

ISBN 978-4-04-113469-6　C0193

角川文庫発刊に際して

角川源義

第二次世界大戦の敗北は、軍事力の敗北であった以上に、私たちの若い文化力の敗退であった。私たちの文化が戦争に対して如何に無力であり、単なるあだ花に過ぎなかったかを、私たちは身を以て体験し痛感した。西洋近代文化の摂取にとって、明治以後八十年の歳月は決して短かすぎたとは言えない。にもかかわらず、近代文化の伝統を確立し、自由な批判と柔軟な良識に富む文化層として自らを形成することに私たちは失敗して来た。そしてこれは、各層への文化の普及滲透を任務とする出版人の責任でもあった。

一九四五年以来、私たちは再び振出しに戻り、第一歩から踏み出すことを余儀なくされた。これは大きな不幸ではあるが、反面、これまでの混沌・未熟・歪曲の中にあった我が国の文化に秩序と確たる基礎を齎らすためには絶好の機会でもある。角川書店は、このような祖国の文化的危機にあたり、微力をも顧みず再建の礎石たるべき抱負と決意とをもって出発したが、ここに創立以来の念願を果すべく角川文庫を発刊する。これまで刊行されたあらゆる全集叢書文庫類の長所と短所とを検討し、古今東西の不朽の典籍を、良心的編集のもとに、廉価に、そして書架にふさわしい美本として、多くのひとびとに提供しようとする。しかし私たちは徒らに百科全書的な知識のジレッタントを作ることを目的とせず、あくまで祖国の文化に秩序と再建への道を示し、この文庫を角川書店の栄ある事業として、今後永久に継続発展せしめ、学芸と教養との殿堂として大成せんことを期したい。多くの読書子の愛情ある忠言と支持とによって、この希望と抱負とを完遂せしめられんことを願う。

一九四九年五月三日

角川文庫ベストセラー

角川文庫ベストセラー

冷たい狂犬　渡辺裕之

現役時代「冷たい狂犬」と恐れられていた元公安調査官の影山夏樹。だが彼は元上司から対中国の諜報活動を依頼され、ふたたび闘いの場に身を投じていく……『傭兵代理店』の著者の国際アクションノベル開幕！

紅《くれない》の五星《ごせい》　冷たい狂犬　渡辺裕之

〝冷たい狂犬〟と恐れられた元公安調査官の影山夏樹は、商用で訪れた東南アジアで、密かに繰り広げられていた各国の暗闘に否応なく巻き込まれてしまった……著者渾身の国際諜略シリーズ第2弾！

北のジョーカー　冷たい狂犬　渡辺裕之

最強の敵は北朝鮮の諜報員、その名も「ジョーカー」。欧州へ向かった〝冷たい狂犬〟を待ち受ける罠とは？「傭兵代理店」の著者が贈る、国際諜略シリーズ第3弾！

死のマスカレード　冷たい狂犬　渡辺裕之

情報局の依頼を受け、ヴェネチアで開かれる5カ国の情報機関の会合に潜入した、〝冷たい狂犬〟影山夏樹。諜報戦に挑んだ彼の運命は？　スケールアップした国際諜略アクション、シリーズ第4弾！

天使の牙　(上)(下)　新装版　大沢在昌

麻薬組織の独裁者の愛人・はつみが警察に保護を求めてきた。極秘指令を受けた女性刑事・明日香がはつみと接触するが、2人は銃撃を受け瀕死の重体に。しかし、奇跡は起こった――。冒険小説の新たな地平！

角川文庫ベストセラー

天使の爪（上）（下）新装版　大沢在昌

麻薬密売組織「クライン」のボス・君国の愛人の身体に脳を移植された女性刑事・アスカ。過去を捨て、麻薬取締官として活躍するアスカの前に、もうひとりの脳移植者が敵として立ちはだかる。

日本怪魚伝　柴田哲孝

幻の魚・アカメとの苦闘を描く「四万十川の伝説」、幕府が追い求めた巨鯉についての昔話をめぐる「継嗣の鐘」——。多くの釣り人が夢見る伝説の魚への憧憬と、自然への芯の通った視線に溢れる珠玉の一二編。

GEQ 大地震　柴田哲孝

1995年1月17日、兵庫県一帯を襲った阪神淡路大震災。死者6347名を出したこの未曾有の大地震には、数々の不審な点があった……『下山事件』『TENGU』の著者が大震災の謎に挑む長編ミステリー。

国境の雪　柴田哲孝

北朝鮮の国家機密と共に脱北した女・崔純子。彼女を国境へと導く日本人工作員・蛟竜。中国全土を逃亡する2人の行方を各国の諜報機関が追う。日本を目指す壮絶な逃亡劇の果てに2人を待ち受けるものは……。

WOLF ウルフ　柴田哲孝

狼伝説の残る奥秩父・両神山で次々と起こる不可解な事件。ノンフィクション作家の有賀雄二郎は息子の雄輝と共に奥山に分け入るが、そこには驚愕の真相が待ち受けていた……興奮のネイチャー・ミステリ！